ママがもうこの世界にいなくても

私の命の日記

はじめに 5
出産（２０２０年７月～２０２１年３月） 13
余命宣告（２０２１年４月～７月） 63
２０２１年８月30日 113
遠藤さん（２０１６年９月～２０１７年９月） 135
私、がんなんだ（２０１８年８月～12月） 155
結婚（２０１８年12月～２０１９年12月） 191
妊娠（２０１９年12月～２０２０年７月） 223
私の命の日記（２０２１年７月～９月） 247
おわりに 277

装丁　町口景

はじめに

２０２１年９月８日、14時11分。

約３年の大腸がんとの闘病の末、妻の遠藤和《のどか》は息を引き取りました。

24歳でした。

彼女は心優しい両親と２人の妹に囲まれて、青森で育ちました。家族や友達、仲間、みんなから「のんちゃん」と呼ばれてかわいがられる、愛にあふれた女性でした。

明るくて、押しが強くて、料理とデパコスが大好きでした。スーパーの店員さんに声もかけられないほど、めちゃくちゃ人見知りな一面もありました。

２０１６年10月４日、夜の本町《ほんちょう》。

互いに仕事終わりだった僕たちが出会ったのも青森でした。６歳年下の彼女は初めて出会ったその日から、僕のことを好きになってくれました。いつも隣で笑っていて、僕や娘においしい手料理を食べさせたいと張り切ってキッチンに立ってくれました。

和に大腸がんが発覚したのは、２０１８年です。そろそろ結婚の話をしよう、そう思っていた矢先のことでした。医師の先生方は口を揃えて若い女性の大腸がんは珍しいと言いました。なんで21歳の和が、と思いました。

彼女の夢はわが子を産み、母として愛情を注いで育てることでした。翌年に結婚してすぐ、僕たちは娘をさずかりました。奇跡のような出来事だと思っています。和は抗がん剤治療を一時的に休止して、お腹の赤ちゃんを守ると決めました。

帝王切開のとき、1000gにも満たなかった娘はすくすく育ち、2021年7月9日に無事に1歳の誕生日を迎えました。和は食パンとヨーグルトで、赤ちゃんでも食べられるケーキを作って、お祝いをしました。

がんの発覚からほどなく、根治が難しいステージⅣのがんだと宣告されたとき、和からは、普通の暮らしを続けるのが願いだと言われました。

仕事を辞めて治療に専念したらどうか。そんな話をしたこともあります。でも、働きたいと言われました。和にとって仕事をすることは、料理をすることと同じぐらい、ありふれた幸せな暮らしを象徴するものだったのかもしれません。妊娠中も、食堂で働いていたほどです。

小学館の雑誌『女性セブン』から取材の申し込みがあったのは、次第にがんが進行して、アルバイトも難しくなってきた2020年の冬でした。雪の夜、記者さんが突然家を訪ねてきたので、とても驚いたことを覚えています。『笑ってコラえて！』やインスタで私たちのことを知ったということでした。

人見知りの和は警戒し、最初は迷っていました。でも、それから数か月の間、記者さんとメールや電話でやりとりをするうちに、万が一のときには娘に残せる記録になるかもしれないと思いました。和も同じように感じていたようだったので、2人で相談し、日記をもとにした定期的なインタビューを受けると決めました。結婚記念日の12月21日を目標に、娘のために本をつくることになりました。

約1年、記者さん、編集者さんと一緒に、和は熱心に取り組みました。次第に症状は悪化し、長時間のインタビューに応えることが難しくなって。

それでも、彼女は日記をつけて、手で書けなくなるとスマホに打ちました。和の闘病や育児の様子が雑誌に掲載されるたびに、多くの方々から励ましのメッセージや手紙をいただきました。

和は、治すための治療を続けていました。諦めずに治療を続ければ、絶対にがんは治ると、僕も和も信じていました。

だから、僕はこの本を、死ぬことを目前にしたひとりの女性の、つらいばかりの闘いの記録だとは思っていません。和は、がんと闘いました。ただ生きただけでなく、ありきたりの幸せを手放さないように、一生懸命に生きました。

正直な気持ちとは違うから、やり切ったねとか、立派な最期だったとか、そんなことは言いたくありません。どんなことをしても、生きてほしかった。

僕が仕事に出ている日中、点滴の管に取り囲まれる和を助けてくれたのは、青森から上京してきた2人の妹、遥ちゃんと結花ちゃんでした。この夏には、和の実家、櫛《くし》引《びき》家のご両親も東京に転居して、サポートしてくれました。僕らのもとを折々に訪ねて励ましてくれたり、コロナで会えなくても、遠くから見守ってくれた友人たちがいなければ、心の平静を保つことも難しかったと思います。

　和は、9月2日まで原稿の打ち合わせを続けました。本のために必要な多くの作業を済ませましたが、すべてを終えることはできませんでした。

　ぎりぎりまで取り組むことができたのは、雑誌やテレビで和のことを知り、手紙やインスタで応援のメッセージを送ってくださった方々の支えがあったからです。ありがとうございます。

　原稿をまとめる作業で、和の手が届かなかったところは、僕が代わりました。それから遥ちゃんと結花ちゃん、ご両親も協力してくれました。娘が将来、母である和の姿を知るための記録を残せたことに、ほっとしています。

　和と僕が、欠点だらけの、どこにでもいるありふれた夫婦だと知りながらも、日々、温かい言葉をかけてくださったすべての皆さまに感謝します。

２０２１年11月　遠藤将一

２０２０年７月９日（木）

妊娠27週と3日。入院４日目。

お腹と腰の痛みがもう3日も続いている。けっこうつらい。でも、今日でこの痛みともお別れ。ようやくここまでこられた。

今日が、娘の誕生日。

私が、ママになる日。遠藤さんが、パパになる日。７月９日、蟹座。

これ以上引っ張ると母体が危ないから帝王切開で出産するけれど、いつもの大嫌いな手術と比べたら全然マシ。今回は局所麻酔だから、意識がしっかりあるらしいし。

娘ちゃんの産声、ちゃんと聞かなくちゃね。

コロナのせいで立ち会い出産は無理になった。遠藤さんも、手術室には入れない。せっかく娘ちゃんが生まれてくるのに、その瞬間を誰ひとり見ていないなんて、もったいなさすぎる。

何があってもおかしくない。

そんなことない。私は、きっと大丈夫。

娘ちゃん、大丈夫、ママがいるからね。早く会いたい。抱きしめたい！

大きくなったら、今日のこと話してあげよう。

2020.7

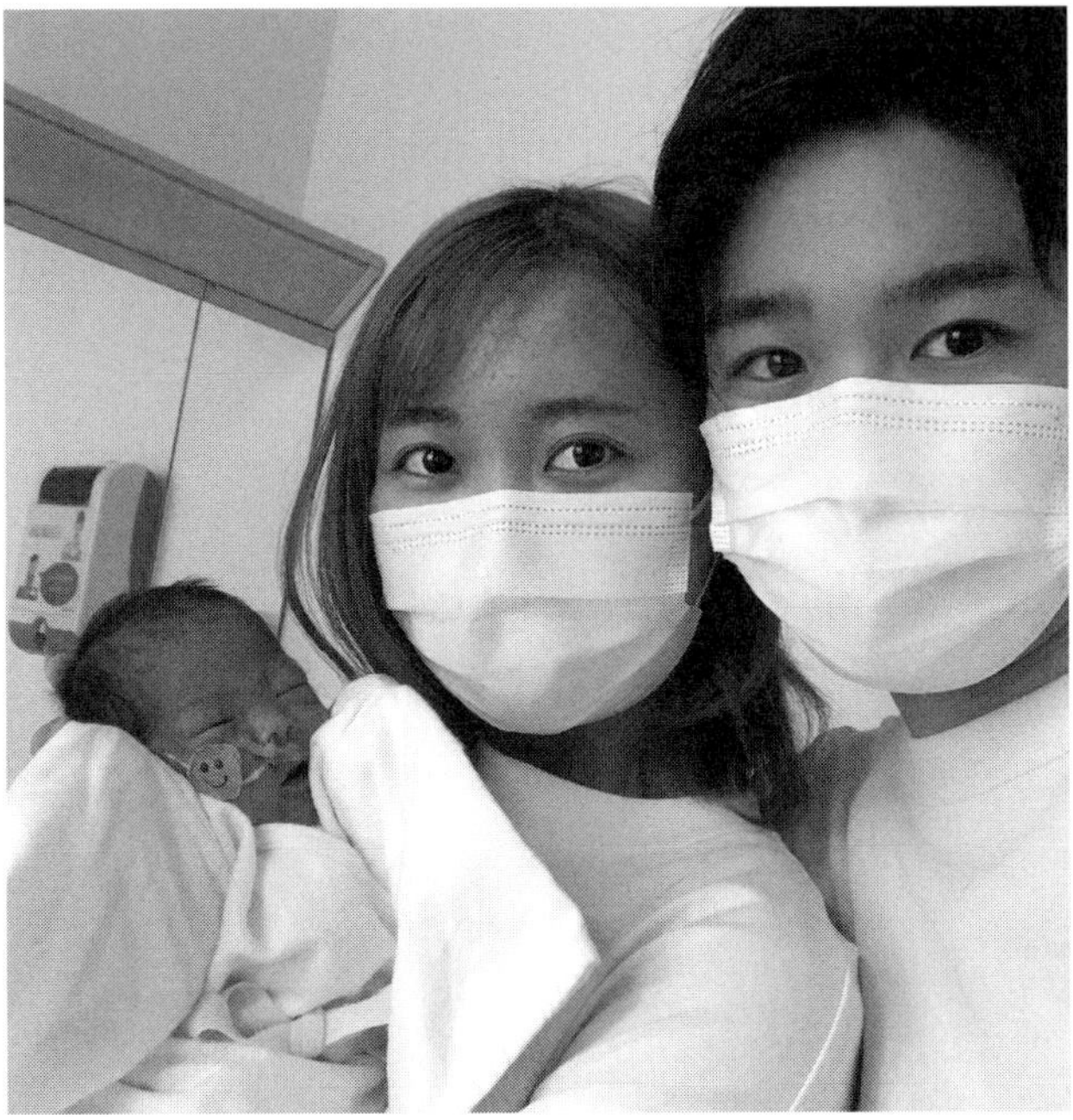

娘と目が合ったら、感極まって涙が出た。
私も、娘も生きてる。
本当によかった。

出産（2020年7月〜2021年3月）

2020年7月5日（日）

明日、家から車で10分の県病*に入る。

3週間か。長いよ。

でも今回は、いつもがんの治療をする消化器内科ではなく、産科。

入院は好きではないけれど、ママになれると思ったら、その喜びのほうが大きい。

小さいころからの夢で、ずっとずっと願ってきた。がんになったばかりのときは「子供は諦めなきゃいけないのかな」と思ったこともあったから、なおさらうれしく感じる。ようやく娘と会える。すごくワクワクする。

帝王切開は、21日の予定。2週間も前からの入院は、ちょっと早すぎない？　と思ったけど、先生が「念のため」というので信じる。というか、信じるしかない。

「のんの出産はリスク高いし、仕方ないか。大腸がんを抱えての出産は、県病では前例がないみたいだし、早めに入院しておくほうが安心かもしれないね」

遠藤さんも、そう言うし。

前にネットで論文を検索して読んだことがある。大腸がんを患った母親の出産では、かなりの割合で、母子どちらかが命を落としていた。しかも私はステージⅣ*だ。

私か、赤ちゃんか。または、その両方が助からないかもしれない。

7月6日（月）

妊娠27週目。少しお腹が張った感じがする。

遠藤さんが半休を取ってくれたので、善知鳥《うとう》神社に行った。

青森発祥の地とされている由緒正しいお宮で、街中なのに、こんもりした木々に囲まれている。龍神《りゅうじん》之《の》水《みず》という湧水が有名で、最近は、最強のパワースポットとしてネットでも話題らしい。そんな話、地元では聞いたことないけれど。

2人でお参りして、ちょうど置いてあった七夕の短冊を書いた。

赤ちゃんが無事に産まれますように。

笹に飾りつけてから、遠藤さんと車で病院へ。一緒に、先生の説明を聞いた。

「帝王切開の際、卵巣に転移した腫瘍の摘出もできればやります。ただ、開けてみないと状況はわかりません」

そんな話だった。手術が続くのは嫌。

お腹にエコーをかける検診もした。赤ちゃんの推定体重は、1001g。産科の先

＊県病：青森県立中央病院。がん診療センターを有する、県内で最大規模の病院。
＊ステージⅣ：ステージ0からⅣまでの5段階で、がんの進行度を表す指標。ステージⅣは、もっとも進行の進んだものである。

生からは「1000gを超えていれば、ひとつ安心材料が増える」と言われていたから、たった1gでも、大台に乗ったのはすごくうれしかった。

前に、25週で生まれた赤ちゃんの写真を見たことがある。人間というより、魚に近かった。いまの娘は、きっと、もう少し人間らしくなっているはず。

2人で喜んだあと、遠藤さんは仕事へ出かけた。

今回の病室は、南病棟4階。大部屋ではなく初めて個室に入院することになった。すごくきれいでシャワーもトイレもついていて、ホテルみたいだ。同室の人に気をつかう必要がないから、電話も気にせずできる。

夜、さっそく遠藤さんに電話をかけた。今日は作り置きの青椒肉絲《チンジャオロース》を食べたみたいで、「おいしかったよ」って言ってくれた。幸せ。

眠れない。

お腹と腰が痛い。まだ陣痛じゃない気がするから、がんのせいかな。痛みの波がくるたびに目が覚めて、思わず息を止めてしまう。

夜中3時ごろ、どうしても耐えられなくなってナースコールを押した。激痛というより、ギリギリ我慢できないぐらいの痛みで、看護師さんに「痛みは10段階でいくつ?」って聞かれたから「6」と答えた。

もう何時間になるだろう。

7月7日（火）

朝の7時。看護師さんがお腹にバンドを巻き、モニターを取りつけた。胎児の心音と子宮の収縮状態を記録する機械。

赤ちゃんの心臓の位置をだいたい予測してモニターするのだけれど、娘は本当によく動くみたいで、しょっちゅう心拍が飛んでしまう。看護師さんは「元気すぎる赤ちゃんですね」と笑っていた。

とにかくお腹は痛い。でも、赤ちゃんが元気なことはうれしいよ。

3分おきの張り。陣痛の起き始めだった。予定より2週間も早い。まだ27週。このまま本格的な陣痛になってしまうと、切迫早産の危険があるので、張り止めの薬が出た。点滴をしたら落ち着いた。やっと眠れそう。

7月8日（水）

張りや痛みは薬で抑えられていたけど、夕方になってお腹と腰が痛くなってきた。ちょっと我慢できない。

「張り止めの薬を強くしますが、効かなければ明日産むことになります」

本当なら10か月、お腹で育ててあげたかった。それは無理になったけど、せめてあと1週間ぐらいは、お腹で。痛い。全然治まらない。

このままでは母体が危ないと言われて、帝王切開が明日に決まってしまった。

自分でも、もう身体が限界かもとは感じていた。先生も、私と赤ちゃん両方の無事を考えてくれたのだと思う。私も、赤ちゃんも、どちらも生きて会えますように。

全然考えたくないけれど、もしものときには、娘を助けてほしい。

遠藤さんにも前から伝えてある。

どちらかを選ばなくちゃいけない状況になったら、赤ちゃんを優先してください。

7月9日（木）

「大事な日だから、正装で来てね」

頼んだ通り、遠藤さんは休みを取って、スーツで病院に来てくれた。

会えたのは、手術室に入る前の一瞬だけだった。遠藤さんの顔を見るのはこれが最後かもと思ったら、ちょっと涙が出た。遠藤さんは、そのまま手術室の前にいてくれた。安心感がすごい。

午前10時。

産声はか細かったけれど、しっかり聞くことができた。肺が未熟だから、もしかしたら自力で呼吸するのも難しいかもしれない、まったく会えないかもしれないとも言われていたので、そのぶん感動した。あの瞬間は一生忘れないと思う。

手術台では手足が固定されていて、抱っこはできない。それでも、看護師さんが一瞬だけ娘を見せてくれた。

「はじめまして、ママだよ。27週で生まれたのに、自分で呼吸できて、産声も上げられるなんて、できすぎな娘ちゃんだね。ありがとう」

娘と目が合ったら、感極まって涙が出た。

私も、娘も生きてる。本当によかった。

無事に生まれはしたものの、超低出生体重児*だから急いで人工呼吸器をつけて、処置をしないといけない。すぐに口に管を入れられて、連れていかれてしまった。

ほっとすると、急に痛みを感じた。

縫合のときに「痛い」と伝えたら麻酔が足されたみたいで、そのあとは朦朧《もうろう》として眠ってしまった。

目が覚めてすぐ、ぼーっとする頭でＬＩＮＥした。家族みんな、大喜びしてくれているようだった。

＊超低出生体重児：出生体重が、１０００g未満の乳幼児を指す。帝王切開の場合は、乳幼児の誕生日ではなく、出産予定日から数えた月数（修正月齢）を発育基準として身長や体重を計測することが多い。

あとで聞いたら、櫛引家はみんな病院にいた。両親と2人の妹。2歳下の遥と、5歳下の結花。コロナで病棟には入れないので、食堂で待っていてくれたらしい。

櫛引家のグループLINEでおしゃべり。

みんな興奮していた。「産声どんなだった？」「大きさは？」「今日は曇ってたのに、生まれた時間は晴れたんだよ」とか、矢継ぎ早に言われた。ヘトヘトだったけれど、みんなが気にかけてくれて、近くにいてくれたことがうれしかった。

7月10日（金）

ずっと痛い。吐いちゃう。体調が良くない。

夕方、新生児集中治療室（NICU）まで、娘に会いにいった。とはいっても同じフロアなので、すぐそこ。移動は楽。術後だから、念のため車椅子で行った。たくさんの保育器が並び、いろんな管がついた赤ちゃんが寝かされていた。みんな足に名前のタグをつけている。まだ名前のない子は「母親のフルネーム＋ベビー」、名前のある子はしっかり赤ちゃんのフルネーム。

女の子だとわかっていたし、早産になると予想がついたので、名前はもう決めていた。太陽みたいに周りを照らしてくれるような子。娘ちゃんは、私たちの希望だよ。相談しているときに、遠藤さんが「のんの名前の要素を入れたい」と言ってくれた

2020.7

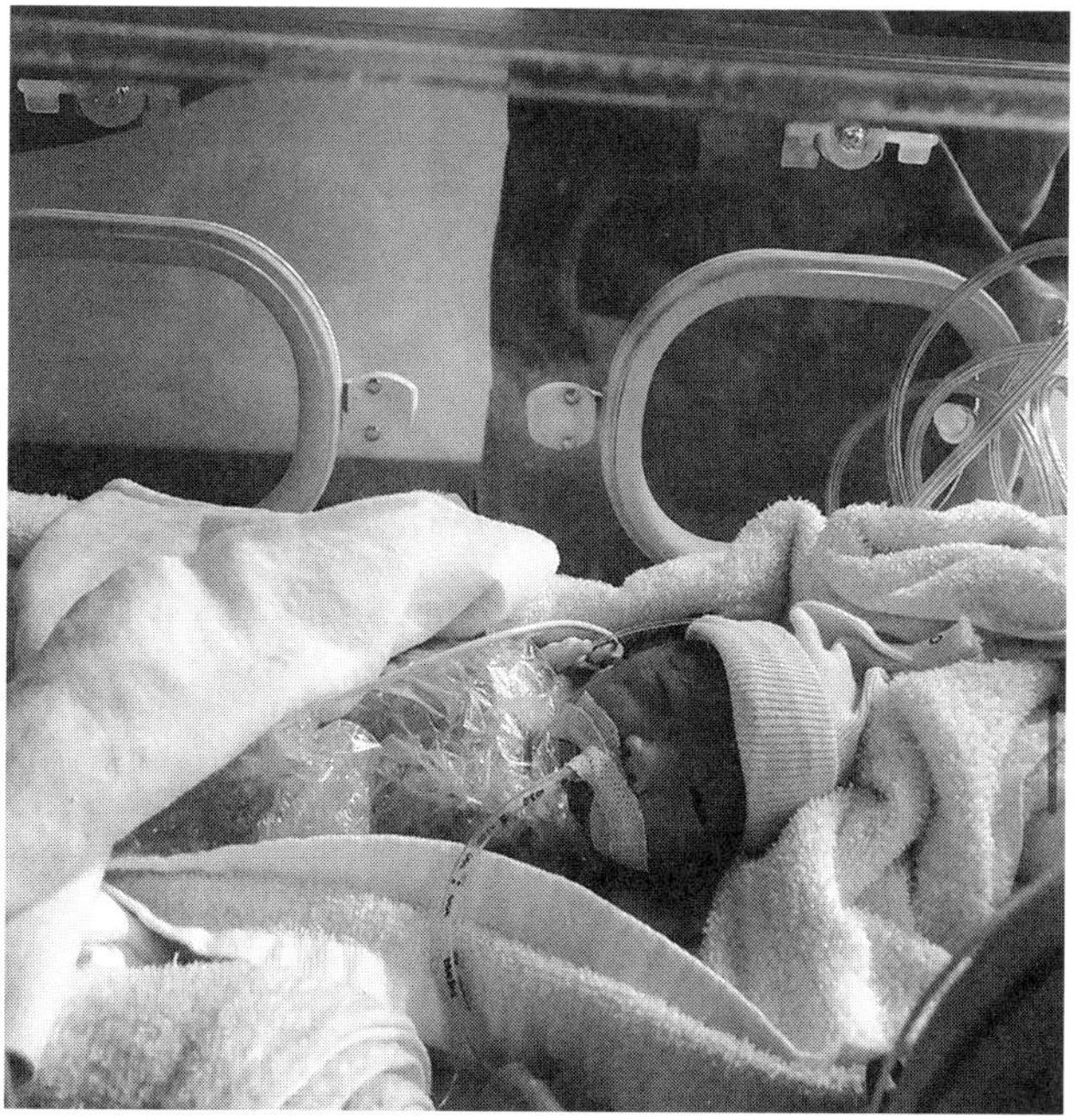

本来なら、まだお腹にいるはずだった。抱っこもできない。
やっぱり、ちっちゃい。触りたいけど、まだダメだって。
私の指の爪くらいしかない小さな手。
あったかくて、ぷにぷにしてるんだろうな。
私、ママになったんだ。やっと少し、実感した。

のがうれしかった。和《のどか》は、のんびりまったり、空を見上げる余裕のある子になってほしいという願いを込めてつけられた。娘は、どんな子に育つだろう。

いまは、人工呼吸器や点滴の管などがつけられていて、ちょっと痛々しい。あまり動かないよう、薬で眠らされている。うつぶせで、おむつだけ穿いて。

かわいい。

7月11日（土）

夕方、仕事帰りの遠藤さんと、娘に会いにいった。車椅子を押してもらった。

コロナ対策で、ＮＩＣＵは予約制だ。入室希望時間と今日の体温を電話で伝えなければならない。しっかり手を消毒して入る。

身近に赤ちゃんがいるのは、いつ以来だろう。結花が生まれた日のことは、うっすら覚えている。私は幼稚園に通っていて、たしかお遊戯会の日だったのに、お母さんは入院中で、さみしくて半泣きで幼稚園から帰ったら、妹が産まれたよって言われたんだった。病院に行って抱っこした記憶がいまも残っている。

2020.7

身近に赤ちゃんがいるのはいつ以来だろう。
１番下の結花が生まれた。私は５歳、遥は３歳。
小さな結花を抱っこしたのを、うっすら覚えている。

7月21日（火）

産科病棟から、7階の消化器内科病棟に移って、抗がん剤治療を再開した。個室から出て大部屋生活に戻り、緩和ケア*も初めて受けた。麻薬*を使うようになって、かなり痛みが減った。車椅子生活からも卒業できた。

がんの先生から、卵巣にできた腫瘍摘出手術に関する説明を受けた。出産後、赤ちゃんがいなくなってスペースが空いたからか、がんが急に成長したみたい。

自分でもはっきりわかる。明らかに妊婦のときよりお腹が大きい。腹水や胸水がたまって、息をするのも苦しい。お腹に赤ちゃんはもういないのに、いまだにマタニティウェアが手放せない。

それでも毎日、面会に来てくれる遠藤さんと一緒に娘に会いに行っている。それぐらいはできる。まだ娘はすごくちっちゃい。抱っこもできていない。

8月21日（金）
私だけ、いったん退院。
あと1か月くらい、外来で抗がん剤を続けることになった。どうせ毎日、娘の面会に行くから、入院でも、外来でもどちらでも。

8月23日（日）

初めて、胸に抱いた。感動した。リクライニングチェアに座って、お腹に乗せただけだから、抱っこじゃなくて、カンガルーケア。

「離れている時間が長いぶん、親の身体にふれるのは大事なことなんですよ」

かわいい、よりも、怖い、が勝った。軽くて、壊れちゃいそうだった。がんの都合で早く出ることになっちゃって、ごめんね。

横を見たら、遠藤さんが娘にメロメロになっていた。

「かわいすぎて、変な男が寄ってきたら心配。どうしよう、かわいい」

ここまで骨抜きになるとは！

最初、遠藤さんは出産に反対していた。

のんの身体を最優先で考えてほしい。妊娠中は抗がん剤治療できないよね。

実際、妊娠中にがんが卵巣に転移して腫瘍ができたし、出産後の体調も良くないか

＊緩和ケア：生命を脅かす病におかされた患者の精神的苦痛に対するカウンセリングや、身体的苦痛をやわらげる薬物療法（疼痛管理）などの総称。
＊麻薬：がんがもたらす激しい痛みを緩和するために、医師が処方する医療用麻薬。多くはモルヒネを主成分とする。

ら、「こんなことになるなら、産まないほうが良かった」とか思われたら怖かった。そんな心配、いらなかった。目の前の遠藤さんは、私が引くくらいの親バカだ。

9月1日（火）

池江璃花子選手が、白血病から回復して水泳の練習に復帰したらしい。一流のアスリートって、普通の人とどのくらい違うのかな。もともと体力があるのかもしれないけれど、治療を頑張ればあそこまで回復できるものなんだね。希望もあるけど、プレッシャー。「池江選手は血液のがんになっても復帰できたんだから、あなたも大丈夫でしょ」とか言ってくる人、いそう。

9月29日（火）

両方の卵巣にそれぞれできていた腫瘍を摘出した。手術で、全部取った。妊娠中、お腹はまん丸ではなくて、右側が出っ張っていた。ＭＲＩ検査では、「左の卵巣が腫瘍で大きく腫れているから、赤ちゃんが子宮の右側に寄ってきている可能性がありますね」と言われた。それで遠藤さんと、しょっちゅう、お腹の右側の出っ張りに「ベビちゃんの頭だね〜」って話しかけていた。

2020.9

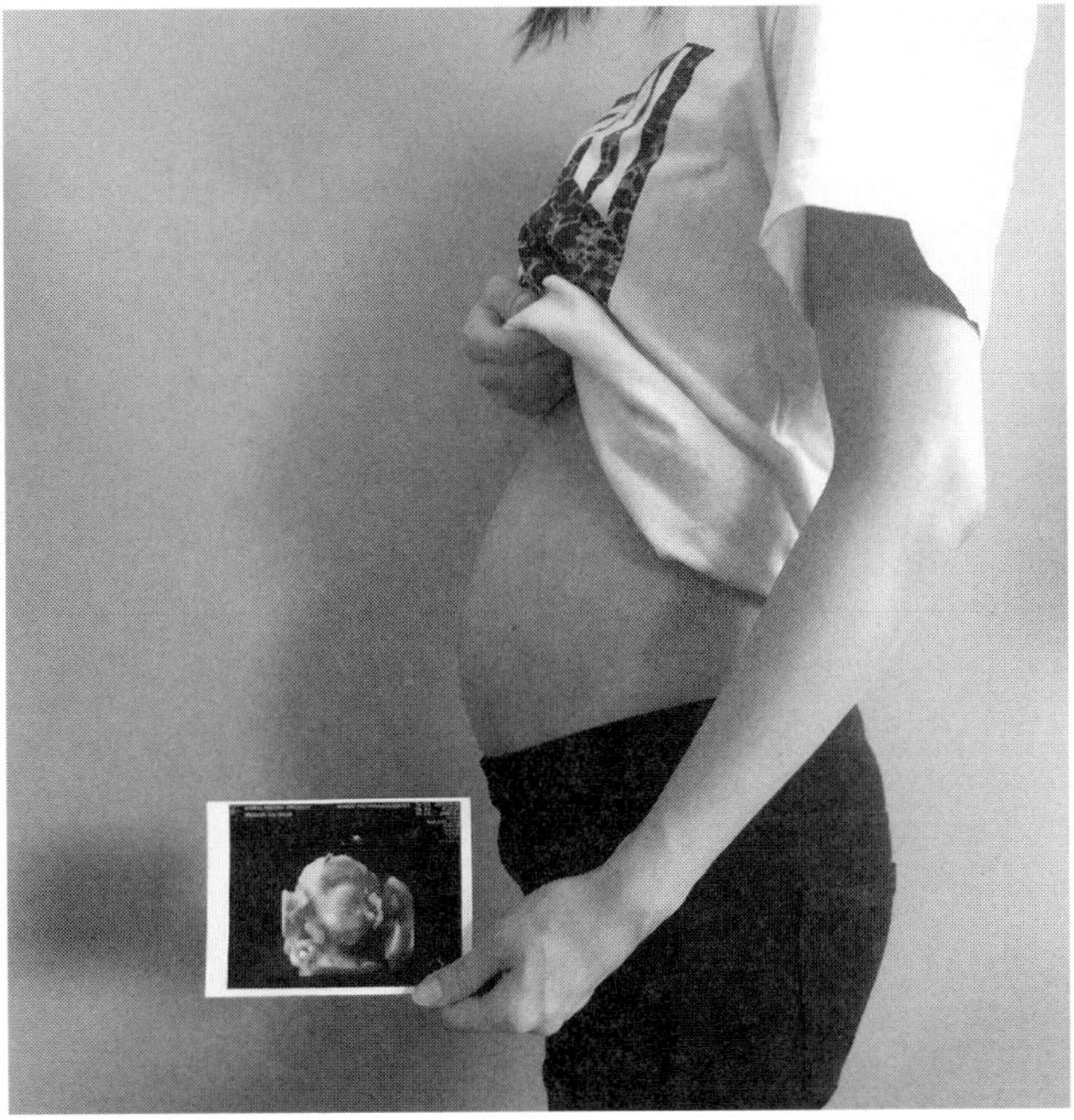

妊娠がわかったときは100％うれしかった。
娘ちゃん無事に産まれてきてくれてよかった！
でも、出産後も、マタニティウェアが手放せない。
ずっと赤ちゃんの頭だと信じていたお腹の右側の出っ張りは、実は
腫瘍だった。

でも、実際は逆だった。左が頭で、右が腫瘍。右の卵巣の腫瘍が、赤ちゃんの頭よりも大きくなってしまっていた。勘違いしていた時間を返してほしい。

そんな腫瘍とも、おさらばした。

遠藤さんは、摘出した卵巣を2つとも見せてもらっていた。

「1つはテニスボールぐらいの大きさだった。普通は2㎝大でも外部からわかるらしいから、それでも巨大なんだって。

もう片方のやつは、2・5㎏もあった。ドッヂボールぐらい。信じられないぐらい大きかったよ。娘ちゃん980gなのに……腫瘍大きすぎ。のん、頑張ったね」

お腹回りがずいぶん軽くなった。一気に退院したい欲が高まった。

10月3日（土）

「娘さん、順調にいけば、来週には退院できますよ」

NICUの先生に言われて、驚いた。こんなに急に決まるものなんだ。

これからは育児の練習で、赤ちゃんと一緒。3時間おきの授乳に慣れたら、沐浴やおむつ替えなどもできるようにならないといけない。明日から、一気にバタバタしそうな予感がする。

10月5日（月）

最初に妊娠がわかったとき、出産予定日って言われた日。

今日から、娘の月齢を数え始める。

生まれたばかりのときは、ほぼ肉がついていなくて皮膚はしわしわで、心配だった。

ようやく人間の赤ちゃんらしくなってきた。よかった。

10月6日（火）

遠藤さんが、ＮＩＣＵの看護師さんたちからみっちりしごかれている。

最初はあんまり乗り気じゃなかったよね。

「なに言ってるの？　いまの時代、パパも育児するのは当たり前だよ。むしろ、パパがしっかりしないとダメなんだから！」

看護師さんたちにさんざん言われて、奮起したらしい。

結果、ミルク作りからお風呂の入れ方、おむつ替え、お肌のケアまで身についたと言っていた。

私は娘より一足先に退院。

10月7日（水）
80歳をすぎた父方の曽祖父母とアカチャンホンポに行って、娘の晴れ着を選んだ。
生後1か月のお宮参りはできなかったから、退院のときには絶対にかわいいのを着せてあげたいと思っていた。
インスタでいろんなセレモニードレス*を見て、悩んだ末に、ふりふりの白いドレスに決めた。娘はまだ小さめだから、サイズが合うといいな。

10月10日（土）

生まれてから3か月。ようやく、NICUから退院。

体重2565g。やっと、10月生まれの赤ちゃんぐらいになった。

セレモニードレスは、いざ着せてみるとすごくブカブカだった。セットになっていた帽子はあまりに大きすぎて、かぶらせるのをやめた。やっぱり、ちっちゃい。

でも、かわいい！　かわいすぎる！

入院中はずっと白いパジャマだったので、初めて服っぽいものを着た娘を見た。感動した。NICUの中はスマホ禁止だから、ビデオカメラで撮りまくる。撮影係は、遠藤さん。

「娘ちゃん、はい、かわいいからこっち見て～」

にやけながら「かわいい」を連発している。

ようやく、3人で家に帰れる。後部座席のチャイルドシートに乗せたら、思ったよりも娘が小さくて、ビビった。


「ただいま！」

いつものように、ウメが駆け寄って出迎えてくれた。

けど一瞬、動きが止まった。

どうやら、見たことのない存在がいることに気づいたみたい。娘と猫の遭遇。

遠藤さんと遥に頼んで、この日のために毎日、赤ちゃんが飲むミルクの匂いをウメにかがせてきた。赤ちゃんがこの家に来るってことを、ウメはちゃんとわかっているはず。今日からこの子をよろしくね。

ほら、やっぱり大丈夫だった。

ウメは興味深々で近寄ってきた。触りはしないけれど、匂いをかいだりしていた。

ミルクの効果があったのかもしれない。

＊セレモニードレス：キリスト教の幼児洗礼で使われる白いドレスが、ファッション化したもの。日本では、産婦人科を退院する際に、新生児に着せるベビードレスを指す。

ずっと母乳で育てたいと思っていたけれど、入院中に、ダメだってわかった。張る感覚はあるのに出てこなかった。搾乳器《さくにゅうき》も使ったけれど、無理だった。貧血がひどくて、私の身体に母乳をつくる余裕がなかったんだと思う。娘ちゃん、ごめんね。

午後から、櫛引家のみんなが来てくれた。コロナで会えていなかったので、両親にとっては初孫、遥と結花にとっては姪っ子と初対面。みんな、デレデレ！

「次は私だよ！」って、娘の抱っこの順番争い。うれしい。

あのときのことを思い出して、胸が熱くなった。

抗がん剤を休止することになるかもしれないけれど、赤ちゃんを産みたい。

そう打ち明けたとき、全員が全員、大賛成というわけではなかった。それでも、最後は後悔しないのが一番だと言って、私の選択を尊重してくれた。

3人で寝る、今日が初めての夜。

10月19日（月）
卵巣摘出手術後、初ケモ。[*] 1か月半ぶり。副作用がきつくて、減薬することにした。

＊ケモ：抗がん剤を中心とした化学療法（ケモセラピー）。点滴を受ける病室はケモ室と略称され、通院での治療は外来ケモと呼ばれる。

2020.10

無事に退院したので、遅めのお宮参りに行きました。

元気に育ってね。長生きしてね。幸せになってね。愛してるよ。

少しずつだけど髪が抜けてきたから、思い切ってショートにした。

遠藤さんは「高嶋ちさ子じゃん」とか言ってくるけど、洗うのも、セットも楽だし、意外とアリかも。けっこう気に入ってる。

12月20日（日）

今年のケモが終わった。よく頑張った。

明日は結婚記念日。奮発してステーキを焼いて、シャンパンでお祝いする。

遠藤さん、いちごとシャインマスカット買ってきてくれるって！

12月21日（月）

遠藤さんが花束をくれた。結婚式のときのブーケに似せてくれたやつ。

「珍しいね、できるパパになったじゃん！」と言ったら、「人生で初めて花買った」と笑っていた。結婚式が懐かしい。あれから、妊娠して出産して、家族がひとり増えたなんて。望んでいたことではあるけれど、全然想像できなかったな。

娘はずっと寝てて、いい子ちゃんだった。

去年の私に「1年後の私はすごく幸せだよ」と教えてあげたい。

遠藤さん、いつもありがとう。

来年も、当たり前に結婚記念日を祝いたいね。

12月25日（金）

クリスマス。せっかくなので、ラザニアを作ってみた。

大好きな西島秀俊様が出演しているドラマ『きのう何食べた？』のレシピ。ミートソースとホワイトソースを作り、チーズで挟んで交互に層になるように重ねていく。レシピ通り、ほうれん草もふんだんに。けっこう手間がかかったけれど、クリスマスらしい華やかな料理になった。

遠藤さんもおいしいって食べてくれた。

プレゼントに、ランコムの美容液をもらっちゃった。ほしかったやつ。うれしい。

12月30日（水）

年末恒例の餅つきで、櫛引家に帰った。遠藤さんも来てくれた。

今年は、父が仕事で来られなかったので、遠藤さんが頑張っていた。けっこう張り切って、大活躍。祖父母とも仲良さそうに話している姿を見て、安心した。

遠藤さんの実家は北海道だから、なかなかご両親には会えない。櫛引家は車で20分くらいの近所だから、明らかに頻繁。どうしても距離が近いよね。

私の家族とばかり交流してしまうのに少し気が引けている部分もあったけれど、「のんの家族は、俺の家族だよ」と言ってくれるので、もう甘えることにしよう。

遠藤さんがいないと思って探したら、キッチンで勝手に餅を焼いていた。

12月31日（木）

撮影スタジオで、憧れの家族写真！

早産じゃなかったら、ニューボーンフォト*とか百日祝いでもやりたかったので、うずうずしていた。大晦日になっちゃったけど、なんとか年内に間に合ってよかった。

私は、祖母に着物を借りた。落ち着いたウグイス色で、シンプルな柄。とても気に入っている。遠藤さんはスーツだった。

たまたま一緒になった家族は、七五三の撮影のようだった。女の子は7歳かな。ドレスを着て撮影している。成長すると、笑顔も上手だね。それにしても、ドレスが本当に似合っている。見ていたら、お母さんから声をかけられた。

「かわいいですね。うちの子の赤ちゃんのころにそっくり」

そう言われて、もう一度、ドレス姿の女の子を見てみた。7歳になるまで元気でいられるかわからないけれど、うちの娘もこんなふうになるのかな。

娘ちゃん、七五三のときには、やっぱりドレスが着たいって言うのかな。

それとも、着物がいいかな。どっちも絶対似合うよ。

2021年1月3日(日)

朝5時に、娘が泣いて目覚めた。

あまりにも眠かったから、遠藤さんにお世話をお願いした。ミルクをあげ、おむつを替え、また寝かしつけるところまでやってくれた。

パパお願いって言われて、さっと全部できる男の人がどれくらいいるだろう。

遠藤さんは本当に頼もしい。

1月8日(金)

県病で今年初めての抗がん剤。昨日、鍼灸に行ったから調子がいい。

でも、検査の結果、白血球が減少、腫瘍マーカー*は上昇してしまっていた。

---

*ニューボーンフォト：生後4週間以内に撮る新生児の記念写真。
*腫瘍マーカー：がん細胞がつくりだす特徴的な物質。正常の人ではほとんど上昇しないので、この物質の血中および尿中濃度を測定すれば、がんの種類や大きさ、進行度などを推定できる。治療効果の観察や再発を監視するモニタリングなどの目的でも用いられる。

悪い指標。

抗がん剤をイリノテカンとアービタックスの2種類に変えてから、副作用の肌荒れがひどい。爪の周りは肉芽*になってしまっていて、相談したら皮膚科に診てもらうことになった。

吐き気、倦怠感だけじゃない。副作用に耐えて頑張ってるのに、良くなってないんだと思うと落ち込む。

先生から「数値がどれも良くなかったので、日を改めて再検査と、CT*を撮りましょう」と言われてしまった。

今回は、イリノテカンを休薬することになった。最近は、どちらか1種類を休んでいる。次の抗がん剤治療は28日に延期になった。

副作用はつらい。でも、治療が進まないのは、それはそれで不安。

こんなに休んでいて大丈夫なのかな。

1月9日（土）

娘のハーフバースデー。パパとママの宝物ちゃん。もう半年か、早いな、と思う。きれいに飾りつけしてお料理作ってお祝いしたいと思っていた。でも、ちょっと今日は体調が悪すぎて何もしてあげられない。娘ちゃん、ごめんね。

1月11日（月）

善知鳥神社に初詣に行った。

おみくじ、小吉だった。病気については〈長引くが命に別状なし〉。治ってほしいので、長引くのは困ります。なるべく早く神様の目につくように、おみくじ掛けの一番上の段に結んだ。家に帰ってから、久しぶりに大喧嘩してしまった。

「最近、なんかお願いすると、必ず文句を言ってくるよね。遠藤さん、なんでいつも怒ってるの？　怖いよ」

「いや、俺の負担が多すぎるでしょ。のんは何もしてないじゃん」

遠藤さんには仕事がある。家に帰ってきたら病気の妻がいて、大変だよね。

それにしても、もうちょっと言い方を考えてくれたらいいのにな。

「抗がん剤治療のあと、まったく動けないときもあるけど。平日はできるだけ、私がやってるつもりだよ。完璧にはできてないかもしれないけど、毎日怒られてたら、さすがにしんどい。なんか、追い詰められちゃう気がする」

頑張って、落ち着いて話したら、「ごめん」って謝ってくれた。

＊肉芽《にくげ》：爪囲炎《そういえん》。抗がん剤の影響で、爪の周囲の肉が炎症を起こし、盛り上がってくる症状。
＊CT：X線検査。身体の断面を画像にして、がんの状態を確認する。

2人で生きやすいように、工夫して暮らせたらいいなと思う。遠藤さんのことが大好きなんだよ。

1月14日（木）

一番仲良かったがん友が、3日前に亡くなった。彼女のお母さんが知らせてくれた。

私より少し年上で、スキルス胃がん*のステージⅣだった。

7月に娘を産んだあと、本当に苦しくて死にかけていたとき、すごく助けてもらった子だった。自分もしんどいのに、私のことを励ましてくれた。

「大丈夫、負けないで。一緒に頑張ろう」

そう言ってくれた。

彼女の言葉のおかげで、いま生きていられる。それぐらい心の支えだった。

去年の11月、「病院で死ぬのは嫌だから」といって地元の秋田に戻ったと聞いていた。会いに行こうと思って、いつにしようって話までしていた。

そこから1回も返事がなくて……。

年は越せないって言われていたみたいだから、そろそろなのかなと思ってはいたけれど、知らせを聞いたときはやっぱりショックだった。

悔しいし、悲しい。怖い。

がんで、私と同じステージ。そういう人がどんどん亡くなっていく。一緒に戦ってくれていた大好きな仲間が、どんどんいなくなる。もっと生きていたかったよね。

一方で、やっと病気から解放されたのね。お疲れさま、とも思う。ずっと、痛い、苦しい、しんどいっていう思いと向き合ってきたはずだから、いまは穏やかに、ゆっくり過ごせていたらいいな。

1月15日（金）

昨日の訃報を聞いてから、遠藤さんが「早く東京に行こう」と言ってくる。これまでも、遠藤さんの意見は一貫している。

「県病では、標準治療*しか受けられない。じゃあそれが効かなくなったらどうするの。

---

*スキルス胃がん：がん細胞が胃壁の内部で増殖するため、内視鏡検査でも見つかりにくい。腹膜転移を起こしやすく、治療の難しいがんとして知られる。
*標準治療：公的な医療保険が適用され、治療費の自己負担分が原則3割でおさまる治療法のこと。がん治療では外科手術、放射線治療、抗がん剤治療が基本で、科学的に十分な効果が検証されている。

もっといろんな選択肢がある東京に行ったほうがいい」

がん友の話を聞いて、危機感が強くなったみたい。働いている建築会社にも、東京への異動願いを出すと話してくれた。

私はまだ迷っている。すぐには決められない。

この時期に東京に行って、もしコロナにかかったらどうするんだろう。医療が逼迫《ひっぱく》しているとき深夜に腹痛になったら、救急に行くのもためらうと思う。まだ標準治療が効いているなら、いますぐでなくてもいいんじゃないかな。

コロナとがんを天秤にかけて、どっちで死ぬ可能性が高いのかを考えなくちゃいけない。ベストな選択をしなきゃ。

いまの私は、死ぬなら青森がいい。

1月17日（日）

夜、2人でキッチン。楽しい。遠藤さんは焼きそば、私は麻婆豆腐を作った。

遠藤さんが安定して作れるメニューは、いまのところチャーハンだけ。最初はクックパッドを見ながら、慣れてきてからは自己流でアレンジまでしている。油をひいて、ニンニク、ネギ、ショウガを炒めて、キャベツとかの野菜があれば入れて、さらに炒めて。火が通ったら、ごはん、卵の順番。味付けは鶏ガラスープの素に塩コショウ、最後にごま油を入れて出来上がり。

私には、ちょっとだけしょっぱい。

遠藤さん、味濃いほうが好きだもんね。私が作ると野菜が多くなって、甘くなっちゃう。男メシって感じ。

それでも、すごい成長。料理だけは絶対できない、やりたくないって言ってたのに。娘のために買い物して、おしゃべりしながら並んで料理して……いつぶりだろう。

毎週、こんな日曜日がいいな。

1月18日（月）

歯医者さん。抗がん剤の副作用で口内炎ができたり、免疫力の低下で虫歯や歯周病が悪化する可能性があるので、歯をきれいにしてもらった。けっこう高いんだね。

唯一、お肌の調子は心配なさそう。遠藤さんがクリスマスに買ってくれたデパコスのおかげだと思う。やっぱり、ランコムの威力はすごい。高いからちょっとずつしか使えないけどね。

1月19日（火）

大寒波で、青森はまた大雪が降っている。

そのせいか、背中が痛い。

レスキュー*でトラマールを使ったら、めまいと眠気に襲われた。強い痛み止めだから、薬が脳を麻痺させている感覚がある。ふわふわする。

私、この痛みと一生付き合わなくちゃいけないのかな。

「あと60年は生きたい」って、口に出すようにしているけれど、こんなに痛いと自信もなくなる。この痛みを抱えたまま、つらい治療に耐え続けて、60年も生きるのは、しんどい。

「そんなこと言わないで。頑張って。絶対負けないで」とか軽々しく言う人は、事情を知らなすぎる。「遠藤さんとか娘さんとか、残される人のことも考えたら頑張らなきゃダメだよ」とか。

そんなの、そうしなきゃいけないことくらい、私が一番わかってるよ。

でも、痛くて痛くてもう無理って思うときくらい、弱音を吐かせてほしい。

どんな痛みにも耐えられるほど、メンタル強くない。「もう何もかもどうでもいいから、この激痛から解放してほしい」って思ってしまうときだってある。

落ち着いたときに、自己嫌悪する。

遠藤さん、娘ちゃん、本当にごめんね。

絶対に死にたくないと思う。

いつか、そう遠くない未来に私は死ぬんじゃないかとも思ってしまう。

振り幅が大きすぎて、自分でも疲れる。でも、どちらも正直な私の気持ちなので、大事にしたい。

どうなろうとも、娘には、全力で戦ったママの姿を見せたい。

やれるところまで、頑張るよ。

1月26日（火）

遠藤さんが残業長引いたせいでサッカーに行けなかったので、サイダーとポテチを用意して、『ＯＮＥ　ＰＩＥＣＥ』を読みまくる会をした。ところどころ抜けていて、全巻は持ってないけど面白い。ゾロが、男って感じがして私は好き。

1月28日（木）

県病で今日から抗がん剤治療のはずだった。

でも、ＣＴの結果、腹膜に腫瘍があるとわかった。

＊レスキュー：痛みがひどくなったときに、患者の判断だけで使用できる臨時の鎮痛剤、医療用麻薬。錠剤や液体など様々な形状があり、１日の使用量の上限が決められている。

もともとあったのだけれど、それが大きくなってしまった。腫瘍マーカーの値も増えている。先生からは「薬の変更を考えましょうか」と言われた。

ショックだった。いまの薬はまだ4か月しか使っていない。それなのに、もう効かなくなったってこと？　こうやって少しずつ使える薬がなくなっていくのか。がん友もそうだった。使える薬が減ると、急に終わりが近づいてくる。怖い。今回、初めて寿命が削られていく気がして落ち込んだ。

次回も数値が下がっていなかったら薬剤変更、ということになった。

遠藤さんに今日の結果を話したら、また説得された。

選択肢の多い東京に行こう。

職場の上司にも転勤の相談をし続けてくれているみたい。「そんなこと、できるの？」って聞いたら、「いまと同じ営業職は難しいけれど、可能かもしれない。だから、もう少し待ってて」と言われた。

営業職、できなくなるんだ。ずっとやってきたのに。

私の病気のせいだ。私のせいで、本来ならしなくていいはずの苦労をさせてしまっている。それなのに、遠藤さんは「大丈夫、すぐ挽回できるから」としか言わない。

でも、言うほど簡単なことじゃないと思う。そもそも、働き盛りの30代なのに、戦線離脱させてしまっていいのかな。遠藤さんの一生を無駄にしてしまうのではないかって不安になる。こんな妻でごめんね。元気な身体がほしい。普通になりたい。

2月4日（木）

副作用でずっと吐いていた。3日経って、だいぶ楽になってきた。まだお腹は痛いけれど、痛みが出る頻度がようやく下がってきた。娘を寝かしつけた。

一息ついて、治療法のことを考えた。

九州にあるオンコロジークリニックが気になっている。興味はあるけど、いろいろ引っかかる。まず、本当に効くのかな。しばらく九州にいなければならないし、遠いし。あと、びっくりするぐらい高いし。

それでも、私のがんがいまの日本で認可されている医療で治せないなら、もういっそ、そういう類のものも試してみたくなる。それにしても、この治療は高いな。

先進医療*も調べてみた。免疫療法というのが印象に残った。自分の免疫細胞でがん

---

*先進医療：治療費が原則3割負担におさまる「標準治療」ではないが、新しく有望な治療法。標準治療になるかどうかを評価される段階にある。一定の科学的根拠が認められているため、診察・検査・投薬・入院費等については公的医療保険が適用される（混合診療）。しかし、治療費そのものは全額自己負担となる。

をやっつける治療で、注目を集めているみたい。

なかでも、京都府立医科大のＹｏｕＴｕｂｅ動画には、感動して、泣いてしまった。自分の細胞を使うから副作用が少なくて済むかもしれない。この免疫療法が確立されたら、つらい闘病にも終わりがくるかもしれない。がん治療は、本当につらくて、苦しい。どれだけ耐えても、必ず治るとは限らない。でも、そうじゃなくなる？　ものすごく希望だと思えた。

標準治療になるまでには、まだまだ時間がかかるだろうな。

それでも、なるべく早く研究を完成させてほしい。

一通り調べるだけでも、けっこう疲れた。がん治療には、想像よりも多くの種類があった。試せばよかったとか、あとから後悔したくない。

2月7日（日）

一番好きな小説『名も無き世界のエンドロール』*が映画化された。やっと遥と予定が合って、観に行けた。

高校生のときに初めて読んで号泣した本だから、ずっと楽しみにしていた。三代目ＪＳＢの岩ちゃんがキダ役で、真剣佑がマコト役。キャスティングは、私のイメージと合ってる。

でも、好きなシーンがほとんど出てこなかった。キダちゃんが、原作ほどビビリじゃなくて、ひっくり返って驚くシーンとか全然なかった。結末も違っていて、原作のほうが好きだったな。遥と、けっこう違ってたよねって話した。

家に帰ってから、インスタライブをやった。1時間ぐらい、ずっと生命保険について話した。リアルタイムで8000人も観てくれた。

私は病気をして、すごく保険に助けられた。もし入っていなかったら、莫大な医療費が自己負担になっていたと思う。考えただけで恐ろしい。

配信をきっかけに保険に加入したり、見直したりする人が増えたらうれしい。

2月9日（火）

病気の人が優先して入れるシェアハウスを首都圏につくりたい。

漠然としているけれど、実現させたい。

がんになってから、私世代の病気の人が意外と多いこと、ひとり暮らしでの闘病は

＊名も無き世界のエンドロール：2012年「小説すばる新人賞」を受賞した行成薫の小説。親がいない3人の少年少女が、それぞれの社会で生きていくさまを描いたサスペンスエンターテインメント作品。

とても難しいから、都会での治療を諦めて、かなりの人が地元に戻ってしまうことを知った。でも地方には病院が少ない。

ひとり暮らしで闘病するのは、正直しんどいと思う。身の回りのことができなくなってしまうから。かといって、ヘルパーさんを雇うのは高い。

病気で何かを諦めるのはもったいないし、治療以外のことでしんどい思いもしてほしくない。だから、病気の人同士で生活を支え合うシステムがあったらいいのに。

たとえば、私がかかっている、がん。抗がん剤治療などで何もできない時期はあるけれど、休薬期間はわりと元気だ。元気な期間の人が、治療中の人を支える、そんなシェアハウスがあったら素敵だと思う。

そうすれば、ひとり暮らしの人でも仕事を辞めずに、選択肢の多い都会で治療を続けられる。そして、病気を抱えていても元気なときに人の役に立てるのは、その人自身の生きがいにもなるんじゃないかな。

私は病気で失ったものが少ないほう。特に家族には、すごく恵まれている。ほかの人も、病気によって失うものなんて少ないほうがいいに決まっている。

だから会社をつくって、シェアハウスの運営ができたらいいな。

そんなことを考えながら、確定申告のために医療費の計算をした。年間にすると、ものすごい金額になっているのを目の前につきつけられて、へこんだ。

私と同じぐらいの年の子たちは、このお金でもっといろんな経験ができてるのか。

こんなに大金を使わなきゃいけないのって、なんなんだろう。治るって約束されているならまだしも、そうじゃないし。

悪いほうに考えたら止まらなくなって、寝る前、遠藤さんに話しかけてみた。

「病気で、すごくお金がかかってるよね」

「金払って済むならいくらでも払うから、生きて」

泣いた。

2月16日（火）

明日からまた抗がん剤治療が始まる。本当に嫌すぎる。

無心になりたくて、一日中ずっと作り置きの料理をしていた。

最近は、新薬の研究や治験に関するニュースや動画を見るのが日課になっている。

これが実用化されて標準治療になれば、もう苦しまなくていいんだ。

明日の抗がん剤治療、嫌だなあ。

最近楽しかったことといえば……2日前のバレンタインデー！

娘を遥に預けて、遠藤さんとデートした。友人夫婦と一緒に青森市内にあるスノーモービルに乗れる公園に行った。スピード感がすごくて、興奮しっぱなしだった。

もうちょっと大きくなったら、娘と一緒に行きたい。

改めて遠藤さんをじっくり見た。大好きな彼氏だった人が家族になり、パパになってくれた。いまは、戦友っていう感じがする。

2月17日（水）

外は、吹雪。病院に行きたくなさすぎて、ギリギリまでふとんにいた。

それを予測して休みを取ってくれていた遠藤さんに、引きずり出された。

血液検査の結果は悪かった。腫瘍マーカー値は上昇していた。抗がん剤が効いていない。また使える薬が減ってしまった。

新しい抗がん剤に切り替えることになったので、治療のスタートを22日まで延期することになった。副作用、あんなにつらかったのに、効いてないなんて。

落ち込む私を気にしてか、遠藤さんがデートに誘ってくれた。

お気に入りの蕎麦店で、ランチ。そのあと、スタバで新作を買った。新作が出たら、いつも試してる。いままでのヒットは、秋限定のマカダミアナッツのやつ。そして娘の健診のため、県病の小児科へ。

抗がん剤治療で行けないと思っていたけれど、パパとママでそろって行けた。

娘は身長60・7㎝、体重７２００g。生まれてすぐの姿からは想像できない成長ぶり。抱っこすると腰が痛くなるわけだ。看護師さんから「ぷくぷくちゃんだね」と褒めてもらった。今回は、初めてのBCGワクチンの日でもあった。こんなに小さくても、注射って怖いものなのかな。娘、号泣。

そろそろ離乳食も始めましょうってアドバイスももらえた。

ずっと食育に興味があったから、楽しみにしていた。何でも食べられる子になってほしいけど、それよりも食事を楽しんでほしいな。生きていく上で、食事が楽しいって思えることは、けっこう大事だと思う。

夜、デートのクライマックスは、焼肉。青森で一番おいしいお店。

焼肉は3番目に好き。食べると元気になれる。

2位はラーメン、1位はお寿司。食べたい。

2月21日（日）

朝からずっと、じわじわ腹痛。時間が経つごとにひどくなる。

そんな私に関係なく、娘は日々成長している。

2日前にお座りできたばっかりなのに、今日、寝返りもマスターした！

7月生まれだけど早産だったから、実質10月生まれの子と同じ。なのに、お座りも寝返りもできちゃうなんて、私とは違って、運動神経のいい子なのかもしれない。

遠藤さんと一緒に大興奮して、娘の動画を撮りまくった。うちの子、天才なんです、そう叫びながら世界中に自慢して歩きたい気分。親バカ万歳！

それにしても最近、痛いと感じることが増えてきた。

一緒にごはんが食べられるようになるのは楽しみだけれど、離乳食作りは思った以上に大変そう。ほうれん草は茎も取らないといけないし、かぼちゃは硬い皮も剝かないといけない。まめに裏ごしも必要みたい。元気なときはいいけど、しんどいときは厳しいかも。ベビーフード様に頼るしかなさそう。

2月22日（月）

昨夜は、激痛で号泣してしまった。レスキューの頓服を飲んだ。

新しい抗がん剤が始まるけど、どうなっちゃうんだろう。

2月26日（金）

新しい抗がん剤を始めて、5日目。飲むのも食べるのもつらい。昨日ついに、これ以上は耐えられないと口にしてしまった。ずっと我慢してたのに。

いまは2本点滴して、吐き気止めを入れてもらっている。

娘を発達外来に連れていく日だったのに、無理だった。母と妹が連れていってくれたけれど、私が行きたかった。ママは、私なのに。

改めて先生に話した。

もう抗がん剤は嫌です。なんとか我慢してきたけど、限界。このままじゃ、弱っていって死んじゃいそう。

「採血とCTをして、しばらくお休みしよう。落ち着いたら飲み薬の抗がん剤を試してみようか」

そう言われて、ほっとした。でも、もしかしたらこの選択が命を縮めることになるのかもしれない。ひとつでも間違えたら、そのぶん死が近づいてしまうの？

なんとか治すマインドにもっていかなきゃ。

3月2日（火）

遠藤さんの東京転勤が決まった。

8年間やった営業職は、いったんおしまいみたい。

転勤希望が通ったのはうれしいけど、やることが山積みになった。

東京で住むところを決めたり、私の転院先を探したり、娘の保育園を探したり。気にすることが多くて、もう疲れた。

治験*のセンターから電話があった。

「大腸がんからの腹《ふく》膜《まく》播《は》種《しゅ》は患者人口が少ないので、治験は難しいです」

ここ数日、ひたすら腹膜播種の治験が受けられる病院がないか調べて、遥に電話してもらっていた。大腸がんから転移した腹膜播種の治験は寄付金*が集まっていなくて、治験はスタートできていないんだそう。今日の話では、たとえ寄付金が集まったとしても、開始できるかどうかすらわからない。

治験でもいい。新しい治療が１つ増えたら、未来が変わるかもしれないのに。

期待していたけれど、またふりだしに戻っちゃった。

焦る。自由診療*ならどうにかなるのかな。とにかく、この痛みから解放されたい。

３月５日（金）

朝から青森税務署に行った。インスタのＰＲ案件の報酬や、出版社からの原稿料などをいただけるようになったので、個人事業主として開業届を出した。わずかな額でも収入があったら、この届を出さなければならないらしい。

病気になる前は、仕事辞めて専業主婦になりたい、セレブ妻になってお花とか料理とか極めたい、と思っていたこともあったけれど、いまはまったく逆。

少しでもいいから、働きたい。

24歳は、会社をつくって社長になるのを目標に頑張る。

3月7日（日）

櫛引家のみんなを呼んで、遠藤さん含めて6人で家族会議をした。議題は、東京移住について。みんな、東京に来るという。家も、車も、引き払って。

うれしいけれど、こんなにずっと青森にいたのに、いまさら離れていいの？

いきなり東京で暮らしていけるの？

父は、もう52歳。新しく仕事を探すといっても、本当に見つかるのかな。

母だって、東京なんか縁もゆかりもないのに。遥も結花も、せっかく就職したのに。

＊治験：動物を対象とした実験をクリアした〈薬の候補〉を、最終段階として、人間に投与すること。臨床試験。

＊寄付金：治験には莫大な費用がかかるため、患者の数が少ない症例については、製薬会社からの依頼（研究機関に対する費用負担）が見込めないことがある。そのため、寄付を募る研究機関は少なくない。

＊自由診療：医療保険が適用される「標準治療」や、混合診療が認められている「先進医療」よりも科学的根拠が薄弱とされるもの。公的な医療保険は適用されず、すべての支払いが自己負担となる。

「私、コロナで東京配属なしになったから辞めるよ。この前、お姉ちゃん、私に『なんで遥は東京の会社に就職しなかったの？』って言ってきたじゃん」

言ったかもしれないけど、マジで辞めるの？

「和に何かあったらと思うと、落ち着いて生活できない。何かあったらすぐに駆けつけられる距離にいないと不安で何も手につかなくなるから」

母にそんなこと言われたら、何も言い返せない。実際、いまの私には家族のサポートが必要。体調が悪いときには、誰かが娘の面倒を見てくれないと無理。遠藤さんは仕事があって、四六時中、家にいられるわけじゃない。

結局、櫛引家全員が早ければ夏ごろに東京に移住、ということでまとまった。

「もう雪はうんざりだしね～」とか呑気なことを言っていて、また心配になった。

それでも、みんなで近くに来てくれるのはやっぱりありがたい。

それを許してくれる遠藤さんも懐が深いと思う。私が逆の立場だったら微妙だもん。感謝しなきゃ。

3月17日（水）
娘と私の受診日。遠藤さんが県病に付き添ってくれた。
娘は予防注射でまた大泣き。遠藤さんは「こんなに泣くの？」っておろおろしてた。

超低出生体重児の娘は、9歳までフォローが必要。東京の病院への紹介状を書いてもらった。私は、国立がん研究センター中央病院への紹介状を書いてもらった。

明日から、青森での最後の抗がん剤治療に入る。県病も、最後と思うと感慨深い。

主治医の先生、最初は感じ悪かったな。悪いというか、無愛想。でも、慣れたら、とても優しかった。単に人見知りだったみたい。親身になって一緒に考えてくれるので大好きになった。東京で治したら、挨拶に行きたい。

今回の抗がん剤、どうか効いてくれますように。


使える抗がん剤は、残り2種類。

そのどちらも効かなくなったら、おそらく半年ぐらいしか生きられない。

2週間前の診察で言われた言葉が、頭から離れない。前々回の薬は4か月しか効かなくて、前回はたった1クール*でダメになってしまった。

＊1クール：抗がん剤治療では、投与する日と休薬日を組み合わせて2週間程度のスケジュールを組み、それを繰り返す。その期間を1クールと呼ぶ。効果が見られた場合には2クール、3クールと、その周期を続けるのが一般的である。

厳しい。

頑張っても、頑張っても、結果がついてきてくれない。

大腸がんステージⅣと診断された人の余命が3年前後だと先生から説明されたとき、遠藤さんに「あと半年で私が死ぬってなったら、どうする？」と聞いたことがあった。

「そのときは仕事を休んで、オーロラでも見に行くか！」

私がオーロラを見たいってよく言ってたのを、覚えていてくれた。

ボリビアのウユニ塩湖にも行きたい。

「あと半年の命ってなったら、行きたいところ行って、したいことやりつくそう」

遠藤さんはすごくポジティブ。こんな状況なのに、未来の話をしてくれる。すごい。

いまはコロナのせいで海外渡航が難しいから叶わないけど、もしそんな状況になってしまったら、悔いのないように、やれることをやろう。

もう、3年のうち2年半が経過した。余命は統計。私は大丈夫。

そう思うしかない。

治らなくてもいいから、共存したい。

2021.3

遅めのホワイトデーに遠藤さんがお花を買ってくれた。
リクエストしたミモザとチューリップ。春っぽくて素敵。
東京の新居もようやく決まった。
引っ越し準備、全然終わっていないけれど、頑張ります。

余命宣告（2021年4月～7月）

2021年4月4日（日）

いよいよ東京に引っ越す日を迎えた。新青森駅から新幹線に乗って、ウメだけ連れての身軽な引っ越し。娘は実家にお願いすることにした。しばらくは櫛引家のみんなと楽しく過ごしてね。早く迎えにいくからね。

お腹の痛みとだるさはあったけれど、新生活への期待で、新幹線の3時間はあっという間だった。ウメもいい子にしていてくれた。

函太郎*で仕事をしていたとき、2か月くらいヘルプの出張で都内に住んでいたから、なんとなく土地勘はあると思っていたけれど、タクシーの運転手さんに新居までの道順をうまく伝えられなかった。

結局、遠藤さんに迎えに来てもらってしまった。数日離れていただけなのに、なんだか久しぶりな気がした。

新居は、きれいで住みやすそう。何より駅近なのが最高！

ガスの開栓が間に合ってなくて、同じように青森から東京に転勤になった鳥居さんの家でお風呂を借りた。遠藤さんの同僚で、シュッとしたイケメン。青森にいたころ、彼のアパートが火事になって住めなくなり、2週間ほど遠藤さんの家で同居していたこともあるから、人柄もよくわかってる。

3か月前、東京勤務が決まったときにはさみしかった。まさか、こんなに早く再会できるなんて思ってなかったよ。

帰宅する途中でお腹の痛みが強くなって、熱も上がってきた。

さっそく、ダメかもしれない。

4月5日（月）

東京の転院先にしたがんセンターに初めて行く予定だったのに、朝から38度超え。お腹もずっと痛い。

念のため電話したら「発熱があるならPCR検査を済ませてからでないと診察できない」と言われて、雨の中、がんセンターのある築地までタクシーで行った。最悪。

2時間くらい待たされて、鼻に綿棒を突っ込まれた。

結果は、午後5時の電話までわからない。のたうち回るほど痛くて、早く診察してほしいのに、コロナのせいで。

PCR検査、陰性。

がんセンターの診察、明日の11時半になった。

＊函太郎《かんたろう》：北海道に本部を置く回転ずしのチェーン店。

痛い。レスキュー、飲まなきゃ。

心配した遠藤さんが、がんセンターの夜間救急に電話してくれた。

「いまから来ても、できることはありません」

なにそれ。一睡もしてない。痛い。もう、こんな身体やめたい。

4月6日（火）

東京に来てから2日しか経ってないのに、もうダメか。

朝イチで遠藤さんがまた電話をかけてくれて、診察時間が早まった。家を出る直前に、タイミングよくガス会社の人が来た。開栓を見届けて、がんセンター。

腸閉塞《ちょうへいそく》だった。

うすうす感じていた。緊急入院が決定した。ありえると思っていたから、軽く入院グッズを準備して持ってきていた。

腸閉塞の処置は、苦痛だった。閉塞した腸がパンパンに張っているから、その張りを取るために、鼻からイレウス管というチューブを入れられる。

かなりつらい。鼻チューブの不快さ、どうにかならないかな。

そう思っていたら、夕方の回診でまた嫌なことを言われた。

人工肛門……ストマ。それって手術するってこと？

4月9日（金）

結局、東京には1週間もいられなかった。

できるだけ早く人工肛門造設の手術を受ける必要があったのに、がんセンターだと手術の予定がいっぱいで、2週間以上の待ち。青森に戻って受ける。

鼻にチューブを入れたまま、またひとりで新幹線。遠藤さんから、猫の面倒を見るのは無理って言われて、ウメも連れていくことになった。精神的にも体力的にもきつくて、何かの修行かと思う。

遠藤さんが東京駅まで送ってくれた。

「手術、頑張って」

別れ際、用意しておいてくれたミニブーケをプレゼントしてくれた。どんどんできる男になっていく。

遠藤さんは、青森には来られない。こんなに離れたこと、いままでないかもしれない。心細い。泣いてしまいそう。でも、青森には娘がいる。

一瞬だけ実家に寄って、会えた。さみしさも、疲れも吹き飛ぶ。

ママ、手術頑張るからね。すぐ帰ってくるよ。

入院。

県病にまた戻ってきてしまった。

4月12日（月）

鼻のイレウス管から造影剤を入れて、レントゲンを撮った。

夕方、父と一緒に県病の先生の話を聞いた。

「腫瘍が大きくなり、小腸を押しつぶしています。ただ、腸は完全に詰まっているわけではなく、小腸と大腸のつなぎ目あたりが細くなってしまって便が通れなくなっている状態です。人工肛門は小腸に造設しましょう」

ついに、か。

大腸がんになって2年半。いつかは、人工肛門になるかも。それはわかってたから、自分では心の準備ができていると思っていた。でも、そんなことなかった。

これからは一生、ずっと人工肛門かと思うと動揺する。いままで通りの生活、できるのかな。やってみないとわからない。

今回は、治すための手術ではないというのも、つらい。

腸を圧迫するほどがんが進行しているのに、治療ができないなんて。

でも大丈夫。きっと大丈夫なはず。私は置かれた場所で咲く。

4月16日（金）

昨日、手術が無事に終わった。

お昼の12時半からの腹腔鏡《ふくくうきょう》手術。幸い、腸の癒着はひどくなくて開腹は免れた。そのせいか、想像していたよりも術後経過は順調……だと思う。何より、鼻の管がないのが気持ちいい。ただ、母が術後に先生から告げられたという話が気になる。

「しばらくは大丈夫だろうけど、これから病気が進めば、位置を変えてまた人工肛門をつくり直すかもしれない」

しばらく、ってどのくらいだろう。

4月18日（日）

食べた瞬間から、腸が動き出す。ストマ、グロすぎる。

1週間以上絶食して、せっかくまた食べられるようになったのに。

柔らかめのごはん、豆腐のスープ、しゅうまい、卵焼き、ほうれん草。

ウッ、と思った。あまりにも気持ち悪くて直視できなかった。

たったいま口に入れた、ほうれん草や卵が、そのまんまストマから出てくる。いま、食べたところだよね？　なんで？　怖いよ。ストマから出てくるものは、見覚えがありすぎて、むしろ得体の知れない食べ物みたい。

今回の入院では、「退院したら食べたいものリスト」をつくって、それをモチベーションに頑張っていたのに、もう嫌。最悪。あふれていた食欲が一切なくなった。

ショックを引きずったまま、初めてのパウチ交換。

パウチ、ストマの出口につける便をためる袋状のもの。粘着テープでお腹に貼りつけるのだけれど、交換のときにストマを洗う必要があり、なかなかコツがいるらしい。

今日は看護師さんがパウチ交換してくれるのを見ているだけだった。

それなのに、途中から気持ち悪くなってきて吐き気がした。お風呂の最中に便が出てきたことも、すごく嫌だった。

ストマをまじまじと見てみた。思ったより、腸。

腸って、こんなに不気味なんだ。苦手。まったく慣れそうにない。

歩くと腸が動くから、歩きたくない。食べても腸が動くから、食べたくない。

こんなんなら、もう生きるのやめたい。

それなのに、遠藤さんは友達とバーベキューをしている。

ねえ、遠藤さん。私いま、青森で絶望してるんだけど。

そばにいないんだから、せめてＬＩＮＥにはすぐ既読つけて励ましてほしいのに、最悪。酔っ払っているの？

未読のまま。人生の中で一番ぐらいにつらい日に、妻に寄り添ってくれない夫。

どういうこと？　結局、他人事なのかな。

ちょっと落ち着こうと、努力はした。何度も深呼吸したり。

それでも我慢できなくて、友達に「遠藤さんが私の入院中に飲み歩いていて、連絡をくれない」と愚痴ってしまった。

「遠藤さんも、のんちゃんがそばにいない不安を紛らわそうとしてるんだよ」

本当はどうかわからない。遠藤さんも、つらいの？

遠藤さんが私に「してくれないこと」より「してくれたこと」のほうが圧倒的に多い。そっちに目を向けたほうがいいのかな。

でも、今日はまめに連絡がほしかった。

ひとりじゃ、きついよ。

誰かにつらい気持ちをわかってほしくて、インスタで「しんどい」「頑張れない」と投稿したら、たくさんの人が励ましてくれた。励ましのメッセージを一つ一つ丁寧に読んでいたら、泣けてきた。

4月20日（火）

やるしかない。パウチ交換できたら退院できるんだ。

この2日間、頑張ってストマと向き合った。たくさん練習した。イメージトレーニングもした。ストマには、少しずつ慣れていけばいい。食べたものが出てくるのは当たり前のこと。私はきっと大丈夫。

午前11時半からパウチ交換の試験だった。看護師さん3人に見つめられて、ドキドキ。やりきった。しっかり合格した。無事に退院が決まった！

今回の入院は、なんか最悪だった。

がんと共存して、うまく付き合っていけたらと思ったこともあったけれど、もうそんな甘いことは言わないと心に決めた。徹底的に治す。普通を取り戻してみせる。

退院後の初ごはんは、マックのハンバーガー。絶対これにしてやるって決めていた。半分も食べられなくて、食後の胸やけもひどかった。でも満足。

娘は、私の顔を見るなりご機嫌で、手足をバタバタさせている。ひとしきりはしゃいで、ぐっすり眠る娘を眺めた。大満足。帰ってこられてよかった。

4月27日（火）

県病での外来受診日。

緩和ケア病棟に移るのはどうですか。

もう、長くは生きられない。

最後の抗がん剤も効いてないし、受けられる治験もない。

2021.4

実家の周りを散歩した。
腸の癒着予防になるから、術後はたくさん歩きなさいって言われたけど、入院で、また体力が落ちたと思う。がんを告知されたときは、まさか自分の子供と桜並木を歩けるなんて思ってもみなかった。
満開で、きれい。

東京のがんセンターも同じ意見。もしそうするなら、がんセンターには緩和ケア病棟がないから、別の病院を紹介する。


聞きたくなかった、しかもこんなタイミングで。

ストマ手術後の説明を聞いたときから、もしかしたら、という予感はあった。

だけど、大丈夫だからって自分に言い聞かせてきたのに。

亡くなったがん友をたくさん見てきたから、どんな道を通って死ぬのか、なんとなく知っている。私も、その通りに進んでいっている。

まだ死にたくない。遠藤さんと娘と、やりたいことがたくさんある。

本当にもうダメなのかな？

ううん、ダメじゃない。まだ諦めない。できることは絶対あるはず。

自由診療でも、どんなにきつい治療でも、やってやる。絶対治してやる。負けない。

大丈夫。まだ頑張れる。

4月29日（木）
やっと、東京に帰れる。
家族旅行を兼ねて、父が車で仙台駅まで送ってくれた。

櫛引家の家族旅行といえば、昔からドライブだもんね。いろいろな場所へ行ったけれど、青森県外に出るのは初めてかもしれない。

がん封じ寺として有名な太白《たいはく》区の大満寺《だいまんじ》虚空蔵尊《こくうぞうそん》に寄って、お守りを買った。牛タンも食べた。父が、娘にデレデレで、頑《かたく》なに抱っこを譲らないので笑った。雨だったし、コロナだしで特別なことはできなかったけれど、いい思い出になった。

仙台からは、遥と娘とウメと一緒に新幹線で東京へ。

1か月ぶりの遠藤さんは、すっかり新しい家に馴染んでいた。

娘にも久しぶりに会えて、とてもうれしそう。帰ってきたよ。

落ち着いたところで、ストマを見せてみた。緊張。

よかった、引いている様子はない。さすがに私は慣れてきたけれど、初めて見る人はビビると思う。くたくたに疲れた。お風呂に入って、パウチを替えて早めに寝よう。

5月6日（木）

ずっとぐったり。ゴールデンウィークなのに体調が悪い。くらくらするし、吐き気がするし、お腹と背中も痛くてベッドから起き上がれない。

心も身体もすごく弱っている。このまま死ぬのかな、とぼんやり考えてしまう。

連休中は、遠藤さんが家のことを全部やってくれて、娘のことも見ていてくれて助かった。今日も、午前中は娘を病院に連れていってくれた。

私はがんセンターで受診だった。やっぱり「有望な治療法はないです」と言われた。いよいよなんだ。

治る保証のないつらい治療を続けるより、緩和ケア病棟に移って、穏やかに過ごすほうがいいのかな。答えが出せない。

最近、ずっとお腹と背中が痛くて、ごはんも全然食べられてないんですと相談したら、明日からがんセンターに入院して疼痛管理をすることになった。

入院で家を空けると思うと、気が滅入る。いまだって、ほぼママらしいことができていないのに、また離れなければいけないなんて。正直なところ、私がいなくても娘は育つと思う。そのくらい、何もできていない。

病院の帰り道、入院中に退屈しないようにニンテンドーＳｗｉｔｃｈのマリオを買った。自分でゲームを買うのは初めてなので、少しだけテンションが上がった。

新橋まで行ったついでに、烏森《からすもり》神社へお参りした。ここは出世だけでなく、がん封じのご利益もあるみたい。

頑張ります。治す努力もします。だから力を貸してください。

おみくじは、なんと大吉を引き当てた。

〈次第に運気が開けてくる〉

そうだよね。やることはいままでと変わらない。治すための治療をするんだ。

5月17日（月）

疼痛管理のための入院という話だったのに、いつの間にか腎ろう*をつくることになってしまった。

「絶対に嫌です。人工肛門だって受け入れるのに時間がかかったのに、ダブルストマなんてつらすぎます」

訴えても、ダメだった。どうしても嫌で、セカンドオピニオンの先生にも聞いてみたけれど、答えは同じだった。手術をしないと、命にかかわるって。

採血したら、クレアチニンの数値が悪かった。腹膜の播種が尿管を押しつぶして、腎臓に負担をかけている。それを解消するため、腎ろうをつくる。腎臓から尿を外に出す管を、背中につける。手術はとても痛かった。

でも、その痛みよりも、自分の背中に穴が開いていて、管が通っていることに違和

＊腎ろう：背中から腎臓にチューブ（カテーテル）を通し、身体の外にある集尿袋に尿を排出する仕組み。

感を覚えた。抜けて、漏れたりすることもあるらしい。

ストマと同じで、少しずつ慣れていくしかない。

もう腹をくくるしかなくなった。

抗がん剤治療を続けて、治して、腎ろうも抜去《ばっきょ》できるように頑張る。

5月18日（火）

昨日から、熱が下がらない。

朝、トイレに行ったら、そこからお腹の激痛も止まらなくなった。

あまりにも痛すぎて急遽CTスキャンを撮ったら、ストマより下の大腸が腸閉塞を起こしていると言われた。パンパンに膨らんでいる部分が2か所もあった。そのせいかもしれないって。

でも、もう手術できないし、この状態だと抗がん剤も使えない。放射線治療もリスクが高すぎてできない。動くたびにお腹が痛い。「腸が破裂したら、できる処置はもうない」って言われた。心電図を測る機械もつけられて、もうダメ感がすごい。

5月19日（水）

死ぬことはそんなに怖くないけれど、私が死ぬことで誰かを悲しませるのが嫌だ。

誰も悲しんでほしくないし、さみしい思いをしてほしくない。

遺書

いままでの人生も治療も全部後悔してないよ
ずっと幸せだった生まれてからずっと
本当にありがとうみんな大好き
遠藤さん、娘ちゃん、おと、まま、はる、ゆう、ウメ
みんな大好きよ。幸せ
あまり悲しまないでね
今度はのんがみんなのこと守るからね

書いたあとは、ずっと寝ていた。

うとうとしていたら、先生が夕方の回診に来て、うれしいことを言ってくれた。

「腸管内を減圧する薬が効いて、自力で歩けるようになったら抗がん剤治療もできるようになりますから」

そうか。できること、まだあるんだ。

それなら頑張ろう。生きたい。

5月20日（木）

なんとか生きている。

目が覚めるたび、生きてた、良かった、と心からほっとする。

体調は戻らないまま。でも歩けるようにはなった。

シーツ交換で部屋から出たとき、遠藤さんに電話してみた。

スマホのビデオ通話で娘を見せてくれた。いまはコロナで面会禁止だから、気軽に会えなくてさみしい。遠藤さんも、娘も、2人とも元気そうで良かった。

そのあと、洗濯物を届けに来てくれた遠藤さんに、こっそり会えた。今日は外来もない日で、入院患者に衣類を届ける人しか病院に入れない。連絡を取り合って、自動販売機のあるカフェテリアみたいなところで一瞬会えた。本当にひと目だけ。でも、会えただけで全然違う。生きる気力が湧いてきた。やっぱり、遠藤さんが最強の薬なんだ。

家に帰りたいと先生に相談した。

帰ることはできる。

でも、この状態では抗がん剤はできないので、帰ったら治療なし。

それ、死ぬやつじゃん。どうしろっていうの。

5月21日（金）

インスタを見ていたら、「生きてるだけで丸儲けですね」とか「ただ生きてるだけでいいので頑張ってください」とか、そういうコメントに、すごく腹が立った。

生きてるだけでいいわけないじゃん。

何も食べられなくて、のどが渇いても水すら飲めなくて。身体中が痛くて苦しくて、息をするのもつらくて。ベットの上で起きてるんだか寝てるんだかわからないような状態でいて。それで丸儲けだって本気で思ってる？

なったことないからわかんないよね。本当に惨めだし、つらいんだよ。

来年、自分はいないかもしれない。

いま、目を閉じたら明日には目を覚まさないかもしれない。

そう思って生きたことなんて一度もないでしょ。私は、そんなことを毎日考えながら生きてるんだよ。生きてるだけでいいなんて言わないで！

こんなこと、当たり前にインスタには書けない。

5月24日（月）

毎日、寝てばかり。起きていても、やることほぼないんだけどね。

昨日は、腎ろうのガーゼと点滴の替え方を習いに、遥が病院に来てくれた。

これが完璧にできたら、家に帰ってからも安心。久しぶりに会ったら、ちょっと元気が出た。絶飲食が続くのかと思っていたけれど、ダメもとでお願いしてみたら、飲み物はいいって。水かお茶だけだけど、口から水分が摂れることに喜びを感じる。お茶を飲んだら、神の飲み物かと思えた。

1週間ぶりのシャワーも、やっと許可が出た。点滴を外すけど、麻薬がない状態だと1時間もいられない。痛すぎて叫びそうになる。たった1時間なのに久しぶりにあの痛みを感じたら、やっぱりがんって怖い病気だって痛感した。

でも、シャワーは最高だった。さっぱりした。

5月26日（水）

先生、わかっていても、しんどいよ。

「来週、万が一があっても驚かない、そういう身体の状態です」

「もう、できる治療はありません。緩和ケア病棟に移るのがいいと思います」

腹腔内化学療法*や、メリディアン*は、確かに標準治療じゃないけど。

セカンドオピニオンで提案されたんだよ。

「もう、その治療はやっても意味ないです。いいホテルでディナーとか、そういうのはどうですか。時間とお金を使うなら、そっちのほうがマシだと思いますよ」

ずいぶん冷たい言い方に聞こえた。泣いてしまった。
私は、がんを治すための治療がしたい。
帰り際、遠藤さんがさらっと励ましてくれたので落ち着いた。
訪看*も決まったから、明日退院できる。私は家に帰る。
さよなら、国立がん研究センター中央病院。このまま病院で死にたくない。

5月27日（木）

東京の家は最初、ちょっと狭く感じた。いまは満足。リビングの片隅にジョイントマットを敷いて、キッズコーナーをつくった。

---

*腹腔内化学療法：抗がん剤を混ぜた薬液を、腹の中（腹腔）に注入し、直接、腹膜播種を治療する方法。自由診療。
*メリディアン：放射線治療装置と、MRI装置を一体化させた機器メリディアンを使う治療法。従来の放射線治療は、事前にMRIで撮影した画像を基に行っていた。この装置ではリアルタイムで画像を確認しながら放射線を照射できるため、腫瘍に対して、精度の高い照射を行うことが可能だという。自由診療。
*訪問看護サービス：看護師などが自宅を訪問して、点滴の管理などを行うサービス。進行がんの患者については、医師による訪問診療と合わせて、公的な医療保険が適用される。

3週間ぶりの娘は、また大きくなって、歯まで生えていた。

「お姉ちゃんが帰ってきたから、はしゃいでる。今日は、お昼寝しないね」

遥がアイスを食べてる。もう、私より娘に詳しい。遠藤さんの仕事中、いつも娘の世話をありがとう。

今回の退院は、はたから見れば看取りだ。私たちはそんな風に思っていないけれど。でも遠藤さんは、余命は数週間単位とはっきり宣告されたことに、ショックを受けていた。普通なら、妻の余命宣告に立ち会うことなんて、まずないもんね。

久しぶりに、家族で一緒にいられてうれしい。だけど、身体がしんどい。麻薬でボーッとする。熱を測ったら40度だった。娘と遊ぶのは遠藤さんにお願いして、横になってしまった。

夜中も痛みに耐えられず、1時間に1回は目が覚めた。

レスキューは、今回の退院で、錠剤から点滴のタイプに変わった。レスキューボタン*を頻繁に押してしまう。鎮痛剤が身体に入ると、そのときだけ楽になる。すぐに痛くなる。またボタンを押す。それを繰り返すと、設定された分量の限度がきて、もう押せなくなってしまう。

治療さえ受けられれば、私は大丈夫。

そのために、まずはどんな治療にも耐えられる体力を戻さないといけない。

だから、寝なきゃダメなんだ。

5月28日(金)

退院2日目。高熱は続いているけれど、起きていられる時間は長くなった。

娘は、本当にママのことがわかるみたいだ。私のことを見てニコッと笑う。不意に物音がすると、毎回、私のほうを見てくれる。

愛おしい。癒される。

コンビニ弁当は、もう飽きたよ。

入院中から遠藤さんがぼやいていたから、作りたくてたまらなかった。青椒肉絲。

2人とも、基本的には「家事はできるほう、気づいたほうがやる」というスタンスだけど、料理だけは別。遠藤家の中で、私に任されている絶対的な仕事だ。

作れた。でもぐったりして、片づけはできなかった。

---

*レスキューボタン：経口摂取のレスキューでは痛みを抑えきれなくなった場合に使用する、注射型のレスキュー投与装置。PCAポンプ。ボタンを押すことにより鎮痛剤が自動で投与されるが、一度に注入される量は決まっている。複数回ボタンを押すことにより、投与量の合計が上限に達した場合は、ポンプが停止（ロックアウト）して過剰投与を防ぐ。

5月29日（土）

メリディアンの検査を受けるために、お台場の病院に行った。

遠藤さんと一緒に本を読んだり、ネットで検索したりして、ものすごく勉強した。何度もセカンドオピニオンを受けた。その中で、メリディアンという最新の放射線治療法を知った。

今日の検査結果が良ければ、受けられるかもしれない。先に進める。

正直、すごく期待して行った。でも、治療前の検査すら受けさせてもらえなかった。いったん点滴を止めないと、検査ができないらしい。

「まず主治医に相談して、点滴を止める許可をもらってください」と言われたけど、無理でしょ。これ以上治療することに否定的な先生だから、自分たちでメリディアンを探してきたのに。結局、その先生から許可をもらわなくちゃいけないってこと？

隣の遠藤さんを見て、驚いた。せっかく見つけた治療が受けられない手詰まり感なのかな、ものすごく焦った顔をして、いまにも泣きそうな表情だった。こんな遠藤さんを見るのは初めてだった。

どうにか、訪看の先生が点滴を止める許可を出してくれることになった。

改めて検査の予約。再来週だ。そこまで間を空けずにできるようで、少し安心した。

5月30日（日）

昨日から、ソファで寝ている。いま使っているベッドでは低くて、寝ているときに腎ろうの管をつないでいる背中の部分が痛くなってしまう。腎ろうから出た尿は、重力で床に置いた集尿袋に排出される。ベッドの高さが足りないと、うまく高低差がつけられなくて、尿が流れない。

「心配だから、俺もリビングで寝るよ。夜中に何があっても大丈夫なように」

遠藤さんは、本当にソファ脇の床で寝てくれた。

お昼に、鳥居さんが会いにきてくれた。娘を連れて、一緒に西松屋。現実問題として、私以外に大人が2人いないと、娘を連れての外出はできない。

洋服や離乳食を見たあと、無印良品で新しいベッドを注文した。この高さがあれば、遠藤さんと一緒に寝られる。

鳥居さんは、娘のお風呂まで手伝ってくれた。いまの私はひとりじゃほとんど何もできないから、周りに助けてくれる人がいるのはありがたい。

疲れたから、早めに寝た。

それなのに夜中になると1時間おきに目が覚めてしまう。

床に寝ている遠藤さんを、スマホで照らしてみた。ぐっすり寝てる。この人は、いったん寝るともう起きない。私がいないとき、娘の夜泣きはどうしていたんだろう。

5月31日（月）

朝、娘にミルクをあげて、洗濯をして、掃除機もかけた。

昼、テレワークで家にいた遠藤さんのために、ペペロンチーノに生卵を落としたパスタを作った。ペペ玉。ずっと、こういうことがしたかった。

家族と同じ空間で過ごす。家事をする。娘をあやして、抱きしめる。

些細《ささい》なことだけど、ものすごく尊く感じる。

いまの私は、腸が腫瘍で押しつぶされてしまったので、固形物は食べられない。

24時間、点滴で栄養をとっている。痛みを抑えるために、麻薬を入れ続けているから、ぼんやりすることも多い。それでも、ただ生きてるだけでこんなに幸せ。

一生点滴でも、車椅子でも、絶食でもいい。ずっと、家族と一緒にいたい。

24年間でいまが一番しんどいけれど、一番幸せ。

6月1日（火）

調子がいい。もし今日、街で歩いている人とすれ違っても、私が余命数週間の人には見えないだろう。

近いうちに死ぬかもしれないと思うと、やりたいことを全部やり切りたくて焦ってしまう。必要以上にせかせか動いている気がする。それでも、1日中ベッドの上で寝ていた入院中とはくらべものにならないくらい、生きるのが楽しい。毎日やることがあると、夢中で生きられる。

遠藤さんからリクエストされた鮭のフライや、離乳食のストックを作った。

血尿が出てしまった。

腎ろうのあたりが痛いと思って、管を見たら、血のかたまりが流れてた。

初めてでびっくりして、慌てて遥に電話。訪看の人を呼んでもらった。

「お姉ちゃん、いい加減、自分で連絡できるようにしなきゃ。もし私が電話取れなかったら、どうするの」

遥に叱られた。でも昔から、スーパーの店員さんには、私の代わりにいつも遥が話しかけてくれてたじゃん。

止血剤などで処置してもらった。

腰のあたりが重くてだるくて、痛い。無理をしすぎたのかもしれない。

死ぬかもしれない。細切れの睡眠しかできないのは、心のどこかでそう思っているからかもしれない。深く眠ってしまうと、もう目が覚めないいんじゃないかという恐怖が無意識のうちにあるような気がする。

6月2日（水）

改めてメリディアンができるかどうかのPET－CT*検査を受けるため、朝からお台場の病院にリベンジ。検査はわりとすぐに終わった。

消耗して、ほぼ何も家のことができなかった。ベッドがやっと届いた。良かった。遠藤さんを床で寝かせなくて済む。

夜中、今度は管から尿が漏れて大変なことになった。冷たい、って思って見たら、腎ろうを止めている絆創膏や、パジャマまで濡れてしまっていた。

昨日の騒動があって、遥が泊まりにきてくれていて助かった。腎ろうは背中についているので、自分ひとりでは処置できない。初めてのことで、すごく焦る。

今日は、訪看の人は来てくれない。様子見してくださいとのこと。

遥、本当にありがとう。

6月3日（木）

パン粥とじゃがいもとコーンのミルク煮の離乳食を作った。モグモグよく食べる。

好き嫌いはほとんどないと思う。

でも、固いからかな。きゅうりは苦手かも。

6月4日（金）

新しい主治医を探して、遠藤さんが走り回ってくれている。

今日、お茶の水の杏雲堂《きょううんどう》病院で私の状態を説明したら、「もう少しなら抗がん剤治療ができるかもしれない」と言ってくれたらしい。もし放射線治療を望むなら、一度でもやると手術ができなくなってしまうので、先に、口からごはんを食べられるようにする手術をしたほうがいいのではないかとも。

手術をするのはいいけれど、正直、入院は嫌だと思ってしまう。

6月5日（土）

メリディアンには健康保険が適用されないから、全部自費での治療になってしまう。付随する検査などを含めると300万円以上かかる。しかも前払い。さすがに払えない。だから、クラウドファンディングを検討することになり、そのサイトに載せる動画を撮影した。

＊PET－CT：がん細胞に取りこまれる放射性薬剤を注射して、体内のがんの分布を調べる検査。臓器の形を画像にするCTと組み合わせて、体内のどこにがんがあるかを調べることができる。

久しぶりにメイクをして、マニキュアも塗って、気分が上がった。

ここ最近は体調がずっと悪くて、メイクどころかスキンケアすらまともにしていないし、なんならお風呂すら毎日入れてないような肌状態だった。

でも、やっぱりこういうのは大事だな。遠藤さん、かわいいって褒めてくれた。

ちゃんとしたカメラを前にした娘はほぼ泣くことなく、人見知りもしなかった。

なんならずっと、カメラ目線。子役とか、モデルとか、できるかもしれない。うちの子天才なんじゃない？　本当におりこうさんで、えらかった。

動画では、これまでの病気の経過とともに、昔のことを振り返った。そんなこともあったなって懐かしくなったりもしたけれど、改めてやっぱり遠藤さんが大好きだって思った。

昔よりも、ずっとずっと大好きになっている。

いまは、本当に遠藤さんのために生きているし、遠藤さんに生かされている。

ふと、聞きたくなった。

私が退院してから、育児だけじゃなくて介護まで増えて、負担が大きくなりすぎてない？

正直大変だけど、のんがいなきゃダメだから。

ありがとう。遠藤さんと家族になれて幸せです。

6月6日（日）

自分が死んだあとの計画を考えた。札幌から日帰りで、遠藤さんがお世話になっている青山さんと今《こん》さんが来てくれた。保険会社に勤めている青山さんには、何度も相談に乗ってもらっている。

娘が困らないように、保険に入ることにした。ほかにも、遠藤さんが少しでも悲しまないように。親孝行もできるように。一緒に考えてくれて助かった。

生き続ける努力と、死んだあとの準備。

どっちも同時進行で考えていかないといけない。

6月7日（月）

がん友がうちに来てくれた。

インスタでDMをくれたメグちゃん。同じ年齢で、同じ大腸がんの女性。胃がんとか、別の部位のがん友とは会ったことがあったけれど、大腸がんで、しかも同い年の子は初めてだった。なんと、がんセンターの主治医まで同じ。

だから、告知されたときの気持ち、どんなメンタルで治療を受けているかとか、これまでたどってきた経過が似ていて、あまりの共感に泣きそうになった。時間を忘れてしゃべり倒した。病気と闘っているのは私ひとりじゃない。

絶対一緒に治そうねって約束をして、お別れした。

今日から、眠剤を倍量にした。いまはまったく眠れないというわけではないけれど、新しい治療を始めるなら、もう少し体力を回復させておいたほうがいいもんね。

ただ、迷いもある。

いまが幸せだから、このままでもいい。そんな気持ち。

新しい治療を始めるのは怖い。せっかくのいまの穏やかな毎日が崩れてしまうかもしれない。でも、遠藤さんが「絶対に治る。治す」って信じて頑張ってくれているから、その気持ちに応えたいほうが強い。

6月8日（火）

まつしまが来てくれた。

中学のときからの付き合いだけど、会うのは結婚式以来だな。私が青森にいたから、コロナのせいで会えなかった。東京に来て良かった。

固形物を食べられないと知っていて、超おいしいみかんジュースを買ってきてくれた。濃厚で、みかんを食べているみたい。

「車椅子押すから、みんなで出かけられたら最高だね」と言ってくれて、うれしかった。今日は別の友達からも、親子3人おそろいのパジャマが届いた。

本当に私は、周りに恵まれすぎている。みんなのためにも生きなきゃな。

6月9日（水）

明日のPET－CTの結果が怖い。治療できないと言われたらどうしよう。「抗がん剤しかできない」だったら、結局いままでと同じになってしまう。

6月10日（木）

メリディアン、ダメだった。やれないと言われた。

がん細胞がお腹全体に広がっている播種という状態で、放射線を当てられないほど多かったらしい。先生から、想定以上だったと言われてしまった。

メリディアンもできないなんて。希望の光だったのに。頑張って、クラウドファンディングの準備も、全部済ませたのに。もう諦めて、無治療にしちゃおうかな。

6月11日（金）

遠藤さんが昨日のデータを持って、杏雲堂病院に行ってくれた。

点滴だけでは体力が落ちていくばかり。口から食事が摂れるようになれば、体力が回復するかもしれない。そうしたら、外科手術なども受けられるかもしれない。けれど、それなら、また検査が必要だと言われたらしい。

検査ばっかり。憂鬱すぎて、もう想像もしたくない。

がんになって初めて、通院せず、ずっと家にいる。ストレスフリーだし、調子もいい。この状況を手放したくない。もし、また病院に行っていろいろ検査をしたら、入院になってしまうかもしれない。そうなったら、なかなか帰れなくなりそう。まして手術なんて、合併症とか感染症もありえるから、予定通り退院できる気がしない。前に、「1週間くらい」と言われていたのに、結局1か月近く入院させられたこともあった。あれは最悪だった。治療へのモチベーションがわかない。

遠藤さんは「治すためには治療しなきゃ」と励ましてくれる。

それは、わかるよ。私だって、死にたいわけじゃない。治したい気持ちも、もちろんちゃんとある。ごはんがまた口から食べられるようになったら、うれしい。

でも、本当にいまが幸せすぎて、病院に行きたくないんだよ。

私、あなたと娘と一緒にいたいの。

ごはんを一生食べられなくてもいいから、家にいたいの。家なら、みんな一緒だから。ただそばにいたいだけなのに、なんでこんなに難しいんだろう。

6月12日（土）

何年も連絡をとっていなかった友達から、突然、ＬＩＮＥ。ものすごく腹が立ってしまった。急に連絡してきて「会いたいから会って」は自分勝手すぎじゃない？私が会いたいと思っているかどうかは二の次。死ぬ前に会っておきたい、とか思ったんでしょ。そういう気持ちが透けて見えて、気持ち悪い。ムカつく。

最近、友達が時間をつくって会いにきてくれることがすごく増えた。それも、わざわざ青森や各地から東京まで来てくれる。

うれしいよ。

うれしいけど。

みんな、私のこと死ぬと思ってるんだね。

そのことに対して、すごく悲しい気持ちになる。

私は、治して元気になってから会いたい。管だらけの姿なんて見てほしくない。

でも、残される側の人たちの後悔とか心残りとかも、想像できる。

少しでもそういうものを減らしてから死ぬのが、先に死ぬ側の責任のような気もするから、できる範囲で付き合おう。

本当に、遠藤さんだけだ。

遠藤さんだけ、一貫して「絶対治る」と信じてくれている。それが大きな心の支え。

6月13日（日）

友達と一緒に公園でピクニックをした。最近、娘が自分の名前を覚えてきたみたいで、呼びかけると振り向いてくれる。かわいい。

初めてシャボン玉を吹いて見せたら大興奮。つかもうとして何度も手を伸ばす仕草が愛おしかった。こうやって初めての体験を重ねながら、成長していくんだろうな。

6月15日（火）

杏雲堂病院に入院した。

今後は2週に1回、4日間ほど入院して、抗がん剤治療を続ける。順調にいけば、来月の娘の誕生日には、家にいられそう。

今日は、娘も健診の日。遠藤さんが休みを取って、ひとりで連れていってくれた。

今回もパパ頼みになっちゃって申し訳ない。

育児はパパに任せろ。のんはとにかく治療を頑張れ。

遠藤さんは迷う素振りもない。

6月18日（金）

抗がん剤の副作用で、ダウン。強い吐き気。吐きたいけど、お腹の中に何も入ってないので吐けなくて、ずっと苦しかった。吐き気止めの副作用で眠くなるから、寝たり起きたり吐いたりを繰り返してほとんど記憶がない。

6月19日（土）

退院日。朝起きたら副作用がだいぶ抜けていた。寝たきりだったせいか、日にちの感覚がおかしい。じわじわと、予定通りに退院できる喜びを感じた。

遠藤さんが迎えにきてくれた。帰ると、玄関にはウメ。娘は、うつぶせからのお座りができるようになっていた。上手に足の向きを変えている。成長が早い。育児って本当に一瞬なんだろうな。

櫛引家のみんなもやってきた。東京への引っ越しが、昨日終わったとのこと。ずっと青森にいた両親が、無事に東京に来られるのか心配だったから、一安心した。

結花はこれからアルバイトを探すと言っているけれど、ひとりで地下鉄にも乗れないのに、ちょっと心配。

みんな、私のためにありがとう。本当に頼もしいです。

次の入院は、再来週。もし治療の効果がなくて死ぬことになっても、いま治療したことは後悔しない。やるべき治療だと思う。最後まで戦ったって思えるのが、大事なんじゃないかな。できることは全部やりたい。

6月20日（日）

娘の夜泣きで目が覚めた。

それはいいのだけれど、遠藤さんがまったく反応せずにぐっすり眠っているのでイラっとした。

朝もイラっとした。「眠い」「疲れた」ばっかり。具合でも悪いのでしょうか。

もし私がいなくなったら、どうするんだろう。ちゃんと娘の面倒を見てくれるのか、不安になる。でも夕方、具合が悪くて動けなくなったら、結局、遠藤さんが全部やってくれた。娘のごはん、お風呂、寝かしつけまで。

朝はムカついたけど、ごめんなさい。

私の背中もさすってくれた。

ありがとう。私の生活も、遠藤さんに支えられている。

髪を洗ってくれる。管を替えてくれる。

お腹が苦しい。吐き気が止まらない。

早く楽になりたい。

楽になったら、何が食べたいだろう。

ラーメン、お寿司、肉、ケーキ、かき氷、ハンバーグ、パスタ……最近、お腹が空く。生きてさえいればいいって思っていたけれど、欲って出てくるものなんだな。

6月21日（月）

夜中から、お腹がぐるぐる動いて痛い。痛み止めのレスキューボタンを押し続けていたら、残量がなくなってしまった。明日、訪看さんに電話しなくちゃ。ようやく、自分でできるようになった。

6月24日（木）

余命宣告から、1か月経った。もうできることはないと言われたけど、また、抗がん剤治療を始められた。いまは調子も悪くない。

区役所で、身体障害者手帳を受け取った。ストマになると、もらえる。

櫛引家のみんなと合流して、お茶をした。ご機嫌な娘を見てうれしそうな両親の姿に、やっぱり孫を見せてあげられてよかった、としみじみ思った。

6月25日（金）

受診日。採血の結果はとても良かった。白血球もちゃんとあるし、腎臓も大丈夫。肝臓の値が若干悪いのが気になるけれど、許容範囲内だそう。

このままいけば、次のクールの抗がん剤も受けられる。ただ、先生から厳しめに念押しされた。

「腸に穴が空いたら、もう救命できません。抗がん剤をすると腸がもろくなるから気をつけないと」

ごはんが食べられるようになるまでは、まだまだ時間がかかりそう。飲み物で効率よく栄養摂れるようにしないと。

お腹が張っている感じとか苦しい感じはあるし、腫瘍もある。

でも、抗がん剤が効いている感じもする。

このまま腹水が減って、手術までもっていけたらいいな。治っちゃってほしい。

6月26日（土）

烏森神社にお礼参りに行った。

できる治療がもうないと言われた日に行った神社。

そのとき、大吉を引いた。すごく勇気づけられたから、お礼にもう一度。

もし大吉じゃなかったら怖いから、最初はおみくじ引くのを躊躇した。

「良いことしか信じなきゃいいんだよ」

「大吉出るまで引けばいいじゃん」

自分の旦那さんだけど、遠藤さんのそういうところが素敵だと思う。

思い切って引いたら、まさかのまた大吉。

しかも「病気」の欄には〈気を強く持てなおる〉の文字。外だったけれど、泣いてしまった。「絶対治る」と思った。烏森神社は、きっと私のことを守ってくれる神社だ。うれしくなって、遠藤さんと自分のお財布を新調した。

6月27日（日）

渋谷のプロントで、隣の席にいたギャルから声をかけられた。遠藤さんがパスタを食べて、私はスイカジュース。娘もいい子にしてた。そうしたら、「和さんですよね。応援してます。頑張ってください」って。青森にいるときは、何度もそういうことがあったけれど、ここは東京、しかも渋谷。応援してもらったうれしさより、驚きのほうが大きくて、うまく返せなかった。

6月29日（火）

娘が大きくなったら、一緒にキッチンに立ちたい。「これが遠藤家の味だよ」って、青椒肉絲の作り方を教えてあげたい。私の作り方は普通だと思うけれど、こだわりのポイントもある。ニンニクと油を混ぜてから火をつける。豚肉には小麦粉をまぶしてカリッと仕上げる。味つけは日本酒、しょうゆ、黒コショウ。そのくらいかな。

今日の娘は機嫌が良くて、爆笑しながらウメを追いかけたり、いないいないばぁで笑ったりしていた。

感情がわかるようになってきて、子育てがもっと楽しくなった。機嫌が悪い理由が理解できると、自己主張がちゃんとできていることに感動する。おしゃべりするようになったら、もっともっと楽しいんだろうな。

明日からの入院を思って、さみしくなった。離れたくない。

7月3日（土）

退院した。今回の抗がん剤治療は、ちょっとしんどかった。入院3日目に吐いてから、記憶があまりない。同じことを何回も聞いていたというけれど、覚えていない。しばらく経って思い出したのは、遠藤さんと遥がベッドの脇で泣いていたこと。麻薬の量が合わなくて、意識障害を起こしていたみたい。病院から遠藤さん、遠藤さんから櫛引家のみんなに連絡がいって、全員パニックになっていた。

「すごく心配して駆けつけたのに、なんて言ったと思う？『なんでいんの？　なにしに来たの？』だよ？　こっちは超焦ってたのに！　涙引っ込んじゃったよ！」

遥はいつもみたいに笑いながら言ってたけど、たぶん、そのときはめちゃくちゃテンパってたんだろうな。そのあと、母が娘を連れてきてくれたらしい。そういえば、一瞬だけ娘のむちむちした太ももを見た気もする。

死ぬときは、もしかしたら今回みたいにふっと記憶がなくなって、帰らぬ人となってしまうのかもしれない。とにかく、無事に帰ってこられて本当に良かった。

娘とウメの姿を見て、ようやくほっとした。気が抜けて、たまらなく眠い。

7月4日（日）

前から気になっていたベビー用品店で、娘の誕生日プレゼントとお誕生会用のドレス探し。なんとなく黄色がいいかなあと思っていたけれど、さくらんぼ柄のかわいいドレスを見つけて即決した。絶対、似合うと思う。

誕生日プレゼントは、小さなおもちゃのピアノにした。娘ちゃんがピアノ弾く姿を想像しただけで、かわいすぎて悶《もだ》えてしまう。

7月5日（月）

インスタにＰＲ案件を載せてみた。あまり積極的にはやらないようにしていたけれど、使ってみていいと感じていたものだから、紹介しても大丈夫だって思った。

さっき見たら、紹介した商品がめちゃくちゃ売れていて、びっくりした。ちょっと怖くなった。アンチの人もいて、批判的なコメントも書かれていた。

でも、自分の治療費の足しになるぐらいは、自分で稼ぎたい。
もう普通には働けなくなってしまった私が、いまでもできる新しい働き方は、これぐらいしか思いつかない。そんなにいけないことなのかな。

7月7日（水）
久しぶりに両親に娘を会わせられた。東京で借りた家に行くのは初めて。
2本目の歯が生えてきていたり、一瞬だけど手放しで立っちできたりと、成長が目覚ましい。もうすぐしゃべりだしそうな勢いだ。
外でも、よく「大きめちゃんだね」「まだ0歳なの？ 1歳すぎかと思った」と話しかけられる。事情を知らない人がそう言ってくれるということは、本当に1歳の子みたいな成長具合なんだろう。

7月8日（木）
0歳最後の日。朝はご機嫌でパンを食べて、寝て。起きて、お昼ごはんを食べて、スーパーまでお散歩。夜ごはんにきゅうりを出したら、大泣き。お風呂に入って、夕方6時にはおやすみ。
1年前には、たった980gであんなに小さかったのに、いまやこんなにむちむち、立派な身体つき。順調すぎるぐらいに、すくすく育ってくれてありがとう。

音が鳴るおもちゃ、メガネ、ケータイ。充電器のケーブル、軟膏のチューブ。

0歳のあなたは、こんなものが好きだったよ。

うれしいことがあると「う！」って言いながら手をグーパーして、引き笑い気味で喜ぶ。うまくいかないと、すぐ鼻を鳴らして泣いちゃう。

自己主張が激しすぎて、たまにお姉ちゃんかと思う。by遥。

入院でいないことも多かったけれど、ちゃんとママだってわかっていてくれてありがとう。お手本でハイハイして見せると爆笑してくれる。髪を引っ張って、喜んでくれる。お散歩のときはいつも、ベビーカーの中からママの顔を確認してくれる。そういう、一つ一つに母として幸せを感じる。

誰も欠けることなく1歳を迎えられて、本当に良かった。直接大好きだと伝えることができて、良かった。ママと一緒に1歳も楽しく生きようね！

7月9日（金）

やってしまった。

昨夜、誕生日パーティの飾りつけをしようと風船を膨らましていたら、ウメが紐を誤飲。慌てて動物病院の夜間救急に駆け込んだ。内視鏡を入れて、紐を取ってもらうまでに、5時間。ウメ、病院嫌いだから怒ってた。苦しい思いをさせてごめん。

無事だったから何よりだけど、お財布にも痛い。猫には健康保険がない。ペット保険にも入っていなかったから、治療費9万8000円プラス、深夜のタクシー代。

そんなわけで、1歳の誕生日は寝不足で始まった。娘は朝5時起き。7時過ぎまで機嫌が悪かった。今日に限って、朝ごはんもなかなか食べてくれず。

ヘトヘトになって、今度は私の受診のため遠藤さんと病院へ向かった。


検査結果の数値は、想像以上に悪かった。誕生日なのに、最悪。

こんなに効いている感じがあるのに、なんで。

抗がん剤しか治療法はないのに、どうしたらいいの?

先生は、変化が緩やかだから許容範囲内だと言ってくれた。それに、当初は2クールが限界だと思っていたから、治療を続けられていること自体がすごいことだとも。

うん、そうだよね。諦めたくない。

遥と娘とフードコートで合流して、ラーメンを食べた。いつものように、私は汁だけ少し分けてもらう。日常が続けられていることに感謝!

なんだけど、ごはん食べられなくなって1か月半。胃袋は、そろそろ限界。

スープ以外のものを食べたい。何も気にせず、かぶりつきたい。

娘ちゃん、1歳の誕生日おめでとう。明日はパーティしようね。

7月10日（土）

「パッパァ」

言葉を口にした！

初めては、パパだったかぁ。うれしいけど、ちょっと悔しい。

やりたいこと、全部詰め込んだ。まず、一升餅。一升のお餅は娘にはまだ重かったみたい。背負わせたけれど、お座りすらできずに爆泣きしちゃった。

それから「選び取り」。最近流行ってるのかな？　いろいろな絵柄のカードを用意して、1歳の子に選ばせて、将来を占うやつ。カードは、絵の上手な母が手作りしてくれた。「そろばん・電卓」なら商売上手・実業家、「スプーン・お箸」なら料理人・食いしん坊、「はさみ」なら美容師・ファッション系の人とか。

娘は、迷わず「教会」を選んだ。幸せな結婚・家庭円満。

結婚かあ。その姿を想像したら、いまからさみしくなってしまった。気が早い。

ケーキが初めての赤ちゃんに、手づかみで食べさせるスマッシュケーキもやりたくて、いろいろ調べた。

スポンジ部分には牛乳に浸した食パンを使い、水切りヨーグルトに離乳食用の桃のジュレを入れて、生クリーム風にして飾りつけ。100均のレジャーシートを敷いて、準備OK。

お座りした娘ちゃんの前に、ケーキを置いてみる。

最初は不思議そうに見ていた。

だけど、一口食べたらおいしいと思ってくれたのか、手づかみでバクバク。手も足も、顔も白いヨーグルトだらけにして、食パン3枚分をぺろっと食べちゃった。

もう、食べ過ぎだよー!

来年も、絶対にお祝いしたい。生きるぞ!

2021.7

櫛引家のみんなも来てくれて、娘の１歳の誕生日パーティをした。
朝から泣きわめいてばかりだったのに、かわいいドレスに着替えたらご機嫌になってくれた。
ピアノ好きになったら、遥から習うのもいいかもしれない。

2021年8月30日

櫛引ファミリー。このころの櫛引家では、
「あーがりめ、さーがりめ、ぐるっとまわってにゃんこのめ！」
が流行っていた。(2002年９月４日)

妹の遥（右）、結花（中央）とねぶた祭り。(2006年8月5日)

人生を振り返ってほしい。

本のために必要なのはわかるけれど、急に言われても困ってしまう。わざわざ人生を振り返ろうなんて思ったことがないから、忘れてしまったことも、まあまあ、ある。でも、普通に生きていたら、みんなそうじゃないかな。毎日のことなんて、いちいち覚えていないと思う。

でも、いまは、なんてことない日常の出来事であっても、できる限り思い出すようにしている。この日記は、遠藤さんと過ごした人生の記録だし、ママになった私が娘に贈るものでもあり、行きどころのない気持ちを吐き出す場所でもある。

別に隠しているわけではないのに、遠藤さんは読もうとしない。だから、「私が死んだら全部読んでね」と言ってある。

*

「家の中では、女王さまだったね。のんはすごく人見知りで、だけど外面《そとづら》はいいだろ。ストレス発散なのか、家ではずっと一番に君臨してたよ。内弁慶そのものだよね」

おと、それはいきなり言い過ぎじゃない？　確かに私は、お父さんよりは強かったかもしれないけど、櫛引家で一番強いのは、お母さんだよ。

「和は、私より強かったわ。大家族の初孫、初ひ孫で」

「蝶よ、花よと」

「そう、寵愛を受けて」

両親に自分のことを聞くと、すごく楽しそうに話し始めた。私も、娘のことを話すときはノリノリだから、親が子供の話をするときは、みんなこうなのかもしれない。

両親は2人ともおっとり、のんびりしていたので、私にもそういう子に育ってほしいと願って「和」と名付けたそうだ。

「おっとりのんびり、とはちょっと違う子に育っちゃったね。小さいころは、ずっと『のんちゃん』って呼ばれてたから、自分の名前を『櫛引のん』だと思っていたのよ」

母が笑う。そうだったんだ。全然覚えていない。

「生まれたときは、大フィーバーだったんだから!」

みんなに、とんでもなくかわいがってもらったことは間違いない。

櫛引家は大家族だった。

私が生まれたとき、櫛引家では曾祖父母、おじいちゃんとおばあちゃん、父と母、それに叔父さんが一緒に暮らしていた。そのあと、妹の遥や結花も生まれて、10人がひとつ屋根の下、という時期もあった。

家には、いつも誰かがいた。部屋にも、だいたい誰かがいた。自分の部屋なんてなくて、遥と結花との3人部屋だった。もし、ひとりに1部屋がもらえるような広い家で育ったなら、2人の妹たちと、これほど仲良くなったかどうかはわからない。

幼稚園で「何になりたい？」と聞かれて、私は「ブドウ！」と答えたって。いまでもブドウは大好き。特に、青森県産のスチューベン。毎年、お盆の時期には絶対に食べていた。話を聞いているうちに、思い出した。幼稚園のおやつの時間にブドウが出たとき、家に持ち帰って、母にプレゼントしたことがあったはず。

「そうそう、持って帰ってきたわ。途中でつぶれて、紫色に染みたポケットから取り出して、『はい、お母さん』って」

私の記憶とはややずれていたので、たぶん母が正解だろう。となると、小さな果物ナイフでリンゴの皮むきをした記憶も怪しいので、父に確認した。

「リンゴからにんじん、ジャガイモまで、幼稚園のころから包丁を握って、皮むきやカットはやっていたよ。揚げ物のときには小麦粉、卵、パン粉って、ちゃんと順番につけてくれてね」

母はうれしそうに頷いている。

「手が滑って指をケガしたり、火傷とか、そんなのは一度もなかった」

ちょっと得意気に、父がつけ足した。

私が覚えているのは、もう少し大きくなってからの光景だ。

小学生の私と遥、まだ幼稚園児の結花。お皿を下げる係、母が洗い終えた食器を拭く係、明日炊くお米を研いでおく係なんかを、ごはんのあとのじゃんけんで決めていた。幼稚園のときからずっと、料理の手伝いはしていたと思う。1年のうち少なくとも360日は。

母は専業主婦ではなかった。毎日働いて、さらに櫛引家の夕食担当もしていた。10人前をひとりで作るのは大変なので、私と遥と結花が毎日手伝っていた。仕事を終えた父や叔父さんたちが帰ってきたときには、晩ごはんが湯気を立てている。

母は、台所を預かることに大きな誇りと責任を持っていた。40度近い熱が出て、ずっと横になっていたその日でさえ、夕方になるとふらふらと起きてお米を炊き、魚を焼いていた。

食事を作るのは、なにも母親だけの役目じゃない。それはもちろん、そう。誰が作ったっていい。夫婦の役割分担は、それぞれの夫婦や家族で話し合って決めればいいはず。2人で順番に料理をする家があってもいいし、父親が食事を担当する家があってもいい。同じように、母親が料理を担当する家があってもいいと思う。

遠藤家での料理担当は、私だ。いま、私が抗がん剤治療のため入院で家を空ける間の食事を作って冷凍するのは、義務感というよりも、そうしたい気持ちが自然とこみ上げてくるから。

結婚して娘を産んでから、もっと母の気持ちがわかるようになった気がする。

「お母さんは、ひとりで櫛引家に来るの怖くなかったの」

ふと気になって、聞いてみた。私だったら、いくら好きな人の家族だとしても、夫の大家族の中で生活するのは、さすがに心細いよ。

「怖くなかったよ。プロポーズされたときに、何があっても私の味方をすること、たとえ私が悪くても、100％、私の味方をしてくれるのねって聞いたら、お父さん、『うん』って言ったの」

どんなときでも妻の味方でいてくれるのは、遠藤さんも同じだ。

だから両親の大喧嘩をこれまで一度も見たことがないのか、と納得した。2人はちょっとしたことで言い争っても、最終的にはいつも「お父さんが悪い」で丸く収まっていた。ただ、娘の私との口論は別で、父は「お父さんが悪い」とは言わない。

だから、私は追いつめられると、母を味方にした。味方につけようとした、というより、母に味方になってもらうために素直に話をした。頭ごなしに怒ることなく、母は最後まで私の言い分に耳を傾けてくれた。

いまでこそ仲が良いけれど、父のことを一時期、避けていたこともあった。嫌いすぎて、意地でも話さなかった記憶がある。でも、みんなに聞いても、原因も内容も、誰も覚えていなかった。まあ、これは忘れたままでいいや。

青森市内の、ごく普通の公立中学校に通っていた。

5つ上くらいの代の生活態度が悪すぎたため、校風を変えようと「進学校」を自称し始めたような中学校だった。

そんなタイミングだったから、校則が異様なまでに厳しかった。Tシャツをズボンの外に出すのは禁止。リュックの紐は、一番きついところで締める。前髪の長さは、眉の上。真面目に従っている人のほうが少なかった。私も、化粧下地だけ塗ったり、ヘアアイロンで髪を巻いたりしていた。スカートを短く折りすぎて反省文を書かされたこともあった。

女子4人のグループで仲良くしていて、交換日記をやったり、放課後にコンビニでアイスを買って食べたり、延々と恋バナしたり……。彼女たちとはいまでも会う仲だ。私が東京に来てからは、なかなか集まれていないけれど。

いまでは何もかもが懐かしい。

そのころも、「なんで私だけ」と思うことがあった。

最初に異変を感じたのは、中学1年生の冬だ。

私は卓球部で、その日も練習をしていた。卓球台の右端から左端、左端から右端。早送り再生のカニみたいに両足を動かしていると、だんだんひざが痛くなった。一晩寝れば治ると思っていたら、逆に、どんどん痛みが増してくる。

この年は、15㎝も身長が伸びたので、ひどい成長痛だと決めつけて我慢した。でも、ある朝、あまりに痛すぎて歩けなくなってしまった。痛すぎて、おかしい。

母と病院へ行くと、重度の膝蓋骨《しつがいこつ》不安定症と診断された。生まれつき両足のひざのお皿と大腿骨《だいたいこつ》の形状が合っていなかったりすることが原因で、ずれて脱臼したりする。サポーターや筋力トレーニングでケアをすれば付き合っていける。そんな話もあった。でも、私の両ひざは重度の不安定症で、手術しなければならなかった。

最初の手術の前、中学校のクラスメートたちが、応援の言葉を書いた色紙をプレゼントしてくれた。私はそれを持って七戸《しちのへ》の病院に入院し、内視鏡を使った外科手術を受けた。

両ひざは、その手術では良くならなかった。今度は脚を1本ずつ切り開いて、骨を短く切ってボルトを入れる手術を受けた。

いったん入れたボルトは、また手術をして取り出す。手術のたびに私は学校を休んで入院し、松葉杖で退院。退院したらリハビリ、その繰り返し。友達とは全然一緒に遊べない。部活もできない。いない時間が多すぎて、いつも、みんなになんとなく気をつかわれているような気もした。

落ち込む私を励ましてくれたのは、体育の藤井先生だった。母より少し年上で、私と同じぐらいの年頃の娘さんがいた。手術のせいでほとんど見学だったから、気にかけてくれていたのかもしれない。

藤井先生の言葉を、いまでも思い出す。

「病気やケガ、手術でもなんでも、人と違う経験をすることは大事。それが将来、和の強さになるよ」

こんな病気やケガをしないで済むなら、私はずっと弱いままでもいい。

嘘、これは皮肉。

皮肉でもないな。半分は本気だけど、半分は冗談。

がんが消えるなら、もちろん本気で、弱いままでもいいと思う。

だけど、いくら祈っても、がんは今日明日では消えてくれない。

それなら、できるだけ強くありたいと思う。

大腸がんになって、たくさんの人から元気玉をもらった。いまでも、応援に助けられている。なかには「めちゃくちゃつらい状況だろうに、どうして、そんなに頑張れるの。尊敬しています」と言ってくれる人や、「勇気をもらいました」とメッセージをくれる人もいて、うれしい。

私だって落ち込むこともあるし、弱気になることもある。でももし、私がことさら明るくて強い人間として映っているとしたら、それは、人と違う経験をしているからかもしれない。藤井先生の言葉は本当だったんだなと思う。

自分ひとりで人生に関わる大きな決断をしたのは、高校2年生のときだった。

両ひざに埋めたボルトを取り出す手術とリハビリ生活の影響で、私は高校1年生を2度も経験していた。正直、うんざりだった。中学時代からリセットされた友達との関係もうまくいかなくて、勉強にも身が入らない。

料理を作るのが好きだったので、本当は調理科のある高校に行きたかった。けれど、うちの家計では、調理器具を自費で用意するのは難しかった。一つ一つは安いように見えて、積もればそれなりの金額になってしまう。交通費のこともあったので、高校は消去法で選んだ。遥と結花も、同じ理由で家から一番近い高校に通った。

母のモットーは「ボロは着てても心は錦」「お金はないけど、愛はたっぷり注ぐ」。父も母も一生懸命に働いていたけれど、櫛引家にはお金がなかった。なまけてお金を稼げなかったわけじゃない。頑張っているんだから、もう少し余裕のある暮らしぶりになっていてもよかったはずなのにね。

高校生になって自分でバイトができるようになってから、もっとお金の大切さを感じた。私は高校を中退して、働こうと思った。そうすれば、家にお金も入れられる。中学生の遥、小学生の結花もいた。好きな部活をやらせてあげたいし、修学旅行にも行かせてあげたい。

家族の働き手は多いほうがいいはずなのに、両親は高校中退に反対だった。

私は数回話し合ったくらいかなと記憶していたけれど、母によれば、かなり強く考え直すよう言ったらしい。それどころか、私と母は、お互いに泣きながら何度も話し合ったそうだ。そんなこと、あったっけ。

いま、ステージⅣのがんのせいで生まれる痛みをやわらげるため、強力な医療用麻薬を使っている。吐き気とか眠気にまとわりつかれて、頭がうまく働かない。限度まで、レスキューを押し続けてしまう。過去の記憶はきちんと頭の中に収まっているのに、それを引き出す力が弱まっている。

でも、そういえば。

私が絶対に高校をやめると言い続けたせいで、櫛引家の雰囲気は最悪になった。どうにかしようと、父が日帰りドライブを企画した。

櫛引家の家族行事といえば、ドライブ。

朝早くに出発して、いろんな場所に行ったけれど、実は青森県から外に出たことはない。休日の夕食は午後5時と決まっていたので、どんなに楽しくても「3時までには帰ろうね」と母が言い、県境を越える前にUターンするのがお決まりだった。

車はどんどん山の中へ走っていった。見晴らしのいい場所で止めてもらった。パッと外に出て、遠くの山に向かって叫んでみた。

ヤッホー。

私はなんだかすっきりして、高校をやめようと決心できた。

そのドライブのことは覚えている。

「どうしても中退したいなら、わかった。じゃあやめる前に資格に挑戦してみたら」

母の言葉にも一理あると思ったので、私は高校をやめる前に簿記の資格を取った。

それから、通信制の高校に編入することにした。パンフレットを見せたとき、両親はとてもうれしそうだった。

週に2日の学校以外は、家から歩いて5分のイタリアンでバイトした。週に5日、しっかり働いた。毎月4、5万円ほどを家に入れられるようになった。残りのお金は、自動車教習所代や成人式に着るレンタル振袖の貯金に回した。

初めて車も買った。白いダイハツのムーヴ。ローンを組んで、中古で60万円。でも、買った翌年、遥が対向車とぶつかって廃車になった。遥にも相手にも深刻なケガはなく、損害賠償で揉めることもなかったので、それは良かった。良かったけど、最悪だよ。私には、ローンだけが残りました。あれは悲しかった。

そのころ、遠藤さんと付き合い始めた。それが、２０１６年の秋。

同じころ、たまに腹痛が起きるようになった。

私は最初、誰にも言わなかった。ただときどき、お腹が痛かっただけだし、ずっと続くわけでもなく、しばらく我慢すれば痛みは治まったから。でも、1年も続けば、何かおかしいと思う。母と、それから遠藤さんにも相談した。

「お腹のことはけっこうずっと前から言っていて。でも、普通にごはんを食べていたし、なんだろうと。痛くなるタイミングも不定期で、生理痛というわけでもなかったし。下痢でも便秘でもないし……」

つらそうな私の様子を見て、母は胃腸科を提案してくれた。先生に診てもらった。整腸剤が処方された。しばらく我慢した。

状態は変わらなかった。

アレルギーに詳しい先生にも診てもらった。どこも悪くないし、アレルギーもないと言われた。私はまた、しばらく我慢しようと思った。

「もし今度、痛くなったら、一緒に婦人科へ行こうね」

母からそう言われた矢先、ものすごい激痛に襲われて病院に運ばれた。

緊急手術を受けて、採取した組織は病理検査に回す、と説明された。

3年前、2018年の9月5日。

私のがんを最初に告知されたのは、父と母だった。

「あのころ、和はもう遠藤さんの家に入りびたっていたけど、まだ結婚の話は出ていなかった。県病から最初に俺のところに電話がきて、『検査の結果について、至急お知らせしたいことがあります』って。電話では、がんとは言われなかった。嫌な予感は、ないわけじゃなかったけど。母さんも俺も、がんって言葉は口にしなかった」

母は、入院中の私の面会に来てくれていて、すぐ隣にいた。それなのに、連絡は、仕事中の父に入った。仕事を終えるとすぐ、父は車を飛ばして来てくれた。

先生に会うのも、両親が先だった。

「病理検査の結果、がん細胞が見つかりました、と。母さんは、もう泣き崩れちゃって、ダメだった」

確かに、病室に私を迎えに来てくれたのは父ひとりだった。母は面談室にそのまま残って、気持ちを落ち着かせようとしていたらしい。

「なんで私だけあとから呼ばれるの？　もしかして、がんだったんじゃないの？」

面談室に向かって歩いているとき、父に声をかけた。

父は返事をせずに、私の前を歩いていた。

面談室のドアを開けた瞬間、母が泣いているのが見えた。

「がんが見つかりました」

私はそれほど取り乱さなかった。このあと、遠藤さんにちゃんと説明しなきゃと思って、話をなるべく冷静に聞いた。

同席していた母は、その様子を見て驚いたらしい。

「うん、ちょっとびっくりした。だって、和は泣き虫だから。小さなころなんか本当に、毎日泣いているような子だったのに……泣かなかったものね。ああ、そうかって。もう和は、私たちの前では泣かないんだって。お母さん、ハッとした」

先生は「できるだけ早く抗がん剤治療を始めたほうがいい」と言った。

先生の話が終わったあと、3人で肩を組んだ。スポーツの試合前みたいに。

「頑張ろうね」と母が言い、「頑張るしかないな」と父も言った。

私は「うん」と答えた。

みんな、泣いていた。

仕事が終わって病室に来てくれた遠藤さんに、「がんだったんだよね」と伝えた。

私の話を聞いた遠藤さんも、泣いていた。

遠藤さんって泣くんだ、と思った。この日の遠藤さんは、珍しく全然冷静じゃなかった。私だって、覚悟していても受け止めきれないんだから、当然だよね。

私と付き合い続けると言ってくれたけれど、そうしたら、遠藤さんが絶対、大変になる。正直言って、背負わなくていい苦労だと思った。

少しでも現実的なことを考えてほしくて、この日は帰ってもらった。

私も病室でひとりになって、考えたかった。

家に帰った母は、妹たちに電話をしたらしい。

「その日はバイト終わりに、友達とラーメン食べに行く約束をしてたんだよ。そうしたら、ママから電話がきて『遥、今日はすぐに帰ってきて』ってしつこくて。理由の説明もなしなんだよ？　前から約束してたって言っても、ひたすら『帰ってきて』ばっかりで、なんで？　って思った。『ちょっとぐらいいいじゃん』って言っても、全部無視でしょ」

結花は、前日に17歳になったばかりだった。

「正直、『いきなりなんなの？』って怒ってた。けっこうキレて家に帰ったら、お母さん、お父さんと遥ちゃんが座っていて。4人で、普通に晩ごはんを食べて。えっ、なに！　普通に晩ごはん食べるために、あんなに電話してきたの？って」

夕食後、両親ががんのことを話しても、結花には現実味がなかったみたい。

「がんって言っても、いろいろあるじゃん。あのときはお姉ちゃん、めちゃくちゃ元気だったし、ママもおとも、命にかかわるとか、そんなこと言わなかったから。最初に聞いたときは、怒ってる気持ちのほうが強かった。なんで私、17歳になったばかりなのに、こんな暗い話聞かなきゃならないのって。なんか、ごめん」

結花は何も悪くない。むしろ、私のほうこそ、ごめん。誕生日だけじゃなく、結花の人生で一度だけの修学旅行中まで心配させてしまったよね。

「そんなことないよ。うちお金なかったから、修学旅行は行かないつもりだったし」

でも、遥が頑張ってくれたから、行けるようになったんだもんね。バイト代から修学旅行のお金を出してくれて。

遠藤さんにかまけている間に、櫛引家のお姉ちゃんは、遥になっていた。私が安心して治療を受けられるのは、遥が娘の面倒をみてくれるからだ。

「結ちゃんがＵＳＪに行きたいの、わかってたよ。当たり前だよ、私だってもう１回行きたいもん。旅行代金を振り込んだときはまだ病気ってわかってなかったから、お姉ちゃんもちょっとは出してよ、とは思ってた」

遥、ごめん。

がんの告知を受けた約３か月後、東京の順天堂大学練馬病院で手術を受けた。開腹までした。けれど腹膜播種が見つかって、手の施しようがないと判明した。

翌日から、結花は修学旅行だった。

「楽しかったけど。でも帰って、改めてステージⅣだって聞いたときには、すごく後悔した。『みんな大変なときに、私だけ楽しんでいてごめんなさい』って思った」

そんなこと思う必要ない。２人とも、ごめん。

いや、ごめんじゃないな。だって誰も悪くない。

悪いのは、がんだ。私だって、なんにも悪くない。

これが私と、私の実家。

私の周りには、いつも誰かがいてくれた。私は、そのときどきで、やりたいことをやりたいようにやってきた。それができたのは、私を許して、サポートしてくれた家族がいたからだと思う。

櫛引家のみんな、ありがとう。大好きです。

遠藤さんと娘ちゃんも、ありがとう。

遠藤さんに出会えたから、私は結婚して、子供を産む可能性に賭けられました。

そして娘ちゃんは、無事に生まれてきてくれました。

櫛引家のみんながしてくれたように、私は、娘のどんな選択も否定せずに応援したい。私にできることは、全部やってあげたい。

彼女がもう少し大きくなって何かに迷ったとき、私の人生の選択が少しでも参考になったら、うれしいなと思う。

結婚式。妹の遥（左）、結花（右）と。(2019年12月21日)

遠藤さん（２０１６年９月～２０１７年９月）

2016年9月22日（木）

夜10時に仕事を上がって、勤務先の函太郎青森佃店から直接、珠子《たまこ》の家。仕事着のスーツから着替えて、しっかりメイクして、一緒に本町*で遊んだ。最近、全然家に帰ってないな。

実家は遠いし、遥も結花も大きくなったから、3人一緒に寝るのはさすがに息苦しい。約束通り、無断外泊はしていない。毎日ちゃんと電話してるから、許して。

明日も、ここから出勤。珠子の家は快適すぎる。

10月3日（月）

函太郎で働くのは、バイト時代も含めてもう2年くらいになる。正社員になったし、ホールの仕事もだいたいわかってしまったので、ちょっと飽きてきた。

でも来月は、東京だ。東京駅の一番街に出る新店舗の、オープニングのヘルプ。だいぶテンション上がる。

すごい話だと思うけど、東京駅の規模感は正直ピンとこない。駅どころか、東京に行くのさえ中学の修学旅行以来だから。インスタではよく見るけど。

東京だ。ワクワクする。ミッドタウン、東京駅からは遠いのかな。

10月4日（火）

遠藤さん。下の名前はまだ、聞いていない。

紳士。すっごくいい匂いがした。

「寒い」ってつぶやいただけで、上着をかけてくれた。

森山直太朗さんに似ている。顔もタイプ。「和ちゃん」だって。

25歳だもんな。6つも上。大人！　19歳ですって言ったとき「若っ!!」。

でも、そんな、嫌そうな感じじゃなかったと思う。思いたい。

彼女いないって言ってたし。

「いないよ、1年ぐらいかな」

「和ちゃんは彼氏いる？」

「いないです」

「いつからいないの？」

「1か月くらいかな。2年くらい付き合ってた遠距離の彼氏と別れました」

よくよく考えたら、ナンパじゃん。遠藤さん、モテそうだし、もしかして遊んでる

＊本町：青森駅近辺の繁華街エリア。

人だったらどうしよう。

珠子がダーツをしているとき、カウンターで一瞬寝たら、もうみんな一緒になって盛り上がっていた。

珠子、遠藤さん、遠藤さんの後輩のポチ、その友達の秋田から来ていた人。

2軒目のカラオケには別のメンバーも加わって、盛り上がった。

「遠藤さん、めっちゃ好きです」

「マジで？　めっちゃうれしいわ！」

試しに言ってみたら、意外と反応よかった！

あっという間に、朝4時。1軒目も2軒目も、「女の子は出さなくていいよ」って遠藤さんが全部払ってくれた。それから、みんなで遠藤さんの家に行って、仮眠した。

小一時間だけのつもりが、起きたら9時だった。やっぱり寝過ごした。今日、仕事があるのは遠藤さんと私だけ。ほかのみんなはまだ寝ぼけていた。

「やばい、遅刻する！」

このとき、私やばかった。化粧もボロボロで、大騒ぎ。

「和ちゃん、大丈夫だから」

遠藤さんだって、やばかった。

「俺はもう遅刻決定だし、いまから慌てて行ってもたいして変わらないから」送ってくれるの？　イケメン！　王子様！　かっこいい。
遠藤さんの車で珠子の家にスーツを取りに行って、函太郎まで送ってもらった。駐車場で別れるとき、ＬＩＮＥを交換した。私の気持ちを見抜いたみたいに、遠藤さんから言ってくれた。ぶっきらぼうな口ぶりで「また遊び行こ」だって。

10月5日（水）
彼女はいなくても、彼女未満はいるだろうな。遠藤さん、絶対モテるもん。あっちは、今日そのとき楽しければいいくらいのテンションかもしれない。でも、私はこれっきりで終わらせたくない。グイグイいくしかない！

10月6日（木）
この前、遠藤さんから『ＯＮＥ　ＰＩＥＣＥ』の最新刊を借りてきた。普段は読まないけど、また会うため。自然な感じで誘えたと思う。漫画返すから、ついでにごはん食べに行こうよ、みたいな。
でも見抜かれてるかな。遠藤さん、鋭い感じするし。
明日会えるからいいか。

言ってくれなかったら、私から言ったほうがいいのかな。ちょっと悩む。思い込みだったら嫌だし。そんなことないと思うけど。もう考えるのやめよう。

東京駅の新店ヘルプ、別の人に代わってもらえないかな。クリスマス近いのに、1か月も青森を離れたくない。遠藤さん、ほっといたら彼女ができちゃうかもしれない。それは嫌だ。だったら、自分から動かなきゃ。

10月7日（金）

ドン引き。私のこと、けっこうどうでもいいんだな。ごはんの約束してたよね？気にしないで食べてねって、全然意味がわからない。ガストで、初めて2人で会うのに。本当に楽しみにしてたのに、遠藤さんの一言で萎えた。

「ポチとラーメン大盛食べてきちゃって、俺、お腹いっぱい。和ちゃんは気にしないで食べてね」

なにそれ？　私、考え直したほうがいいのかな。

10月14日（金）

お母さんの名言、思い出した。その通りだった。

「チャンスの女神に後ろ髪はない。これと思ったら、チャンスが通りすぎる前に迷い

あれからも、毎日ＬＩＮＥは続いていたから、脈なしではないんじゃないかと思ってきた。遠藤さん、ちょっと天然なだけで悪気とかはないんだよな、たぶん。

出会って10日ぐらいしか経ってないけど、そろそろ言ってみようかな。

今日はそんなテンションで、会った。

函太郎近くのローソンで、遠藤さん、珠子、ポチと合流。みんなでダーツをした。

日付が変わるころ、遠藤さんと2人になる瞬間があった。いまかもしれない。

「私、明日仕事だからそろそろ帰ります」

「俺、和ちゃんのこと送ってくわ」

自然な感じで抜け出せて、安心した。

タクシーで向かった先は、遠藤さんの部屋。

まわりくどいことをする必要もない、と思った。

「ねえ、私の彼氏になってくれない？」

思い返すと、かなりストレート。

いいよ。彼氏にして。

遠藤さんも即答だった。

10月17日（月）

なんでOKしてくれたのって遠藤さん*に聞いてみた。

「この子以上に俺のことを好きになってくれる子は、この先もいないだろうなって思ったんだよね」

グイグイいって、正解だった！

10月21日（金）

ひとり暮らしの男の人はまともなものを食べてない、というイメージはあったけれど、本当だった。遠藤さんは自炊をしない人らしい。

いつも何を食べてるの？

「コンビニか、マックか、すき家」だって。マジか。今度から私がごはん作る。

10月23日（日）

困った。遠藤さんは、とにかく野菜が好きじゃなかった。

「ゴロっとした野菜が苦手。たとえば酢豚の玉ねぎとかにんじんとか。ああいうの、野菜の味が残るじゃん」

それなら崩せばいいの？

「クタクタに煮ていればまあ……野菜ってわからなければ大丈夫」

なるほど。じゃあ、味を濃くするか、クタクタにするしかないか。

10月29日（土）

ドライカレー、めちゃくちゃ細かく刻んで、カレー粉多めで作ってみた。

予想通り、最初は食べもしないで嫌がった。

「一口だけ、とりあえず食べてみて。どうしてもダメなら残してもいいから」

そうやって頼んだら、やっと食べてくれた。よかった。おいしいって言ってくれた。

出会ったときはすごく大人に見えたけど、私より子供みたいなところもあって、なんだか安心する。

11月12日（土）

ごはん行こうってなったとき、ちょうど遥と結花が家にいた。

＊遠藤さん：遠藤さんのＬＩＮＥの名前が〈遠藤章造〉だったので、和さんは当初「章造さん」だと思っていた。付き合ってから本名を知り、恋人なのに下の名前も教えてもらえていないと憤慨した和さんは、意趣返しとして「一生、遠藤さんって呼ぶ」と宣言した。

妹も一緒にいい？って聞いたら、連れておいでーって。
ナポリの窯でパスタを食べた。妹たちは初めて会った遠藤さんを「お姉ちゃんの歴代彼氏の中で一番いい人」と絶賛してた。
「いままでの最高はガストだったのに、ナポリの窯にグレードアップしたから」

11月13日（日）
明日から、東京出張。
会社帰りの遠藤さんとドライブ。つがる市にある高山稲荷神社に連れていってくれた。京都の伏見稲荷大社みたいに、延々と鳥居が並ぶ千本鳥居がすごい。
「のんは明日から東京に行くけど、青森のきれいなところを見せておけば、早く帰ってきたくなるかなって思って」だって。うれしい。

11月15日（火）
東京駅、すごい！　駅構内だけで、なんなら帰り道の丸ノ内線までの連絡通路だけでも、すごい数のお店がある。選び放題。さっそく、ピエール・マルコリーニのチョコ買っちゃった。
会社が用意してくれた本駒込のウィークリーマンション。遠藤さんも、遥も結花もいない。誰の気配もないから、ちょっとさみしい。
チョコを一口、食べてみた。なにこれ！　超おいしい！
こんなにすごいものが、普段の仕事の帰り道に手に入るのがすごい。
東京来てよかった！　めいいっぱい楽しみたい。

11月20日（日）

一緒に働いている子たちがみんな東京人なので、おいしいお店を聞くと、いろいろ教えてくれる。久しぶりに仕事もやりがいある。東京店のヘルプに選ばれてよかった。青森も恋しいけれど、こっちもいいな。

11月23日（水）

悩む。東京の上司から、本当に声がかかってしまった。出張を延期して、あと半年、東京で勤務しないかって。悩む。遠藤さんに相談かな……。

11月25日（金）

遠藤さん、即答。
「俺、遠距離とか無理なんで。前にそれでダメになっちゃったことがあるから。会えないと、さみしいじゃん」

半年でもか……。仕事も、東京生活も、けっこう楽しいんだけどな。

でも、私が東京に残るなら別れるしかないよね。それは嫌だ。

12月18日（日）

青森に戻ってきた。帰ってきてからは、ずっと遠藤さんの家に入りびたってる。

仕事の日はかなりバタバタだけど、休みの日は一緒にスーパーに行って、ごはんを作って、食べる。知らない人から見たら、共働きの新婚さんみたいに見えるかな。

ほとんど一緒に暮らしてる。

2017年1月9日（月）

遠藤さん、ひどい。モンストにハマって、ずーっとやってる。夜中じゅう、友達とLINEで通話してる。私がいるのに。

「やりすぎじゃない？　お金かかるでしょ」

「でも、楽しいからいいじゃん」

気にもしない感じ。

1月13日（金）

早く帰るって言ったのに、友達と飲みに行って朝まで帰ってこなかった。ごはん作って待ってたのに。さっき酔って帰ってきて、寝てる。

どうせ二日酔いで何も食べたくないでしょ。

遠藤さんのごはんなんか、作らないから。もういい。

1月14日（土）

今日は、実家。

遥と結花に愚痴ったら、ちょっとだけ気持ちが落ち着いた。

「なにそれ、ひどくない？」

「そんな男、やばいに決まってる。別れなよ。もっといい人いるよ」

そうだよね。遠藤さん無神経だし、好き嫌いも多すぎだよ。

家族のみんなには、正直に全部話している。喧嘩したときしか帰らないから、遠藤さんの印象は良くないらしい。私が悪口ばかり言っちゃうからだ。悪口言わないときは、向こうの家だし。お父さんが、遠藤さんを誘拐犯と呼んでいると聞いた。挨拶もなしに、社会人の男が未成年の娘をずっと泊めるなんてということみたい。

わからなくもないけれど、ちょっと、遠藤さんは特別だ。歴代の彼氏は、まず遥と結花に紹介して、２人が慣れてきたら、お母さん、それからお父さんの順だった。今回は紹介する前に、お泊まりばっかりしちゃったからなあ。

1月15日（日）

結局、実家には泊まらずに帰ってきた。

遠藤さんちが、自分の家みたいに感じる。ちょっと早すぎるかな。

遠藤さんは、タイミングがいい。昨日も、「ごめん、迎えにいくよ」っていいときに連絡がこなかったら、まだ実家にいたと思う。

ちょうど愚痴り終わって、結花が怒り始めたところだった。私が文句言うのはいいけど、みんなに悪口言われるのはなんか嫌。遠藤さんのことよく知らないのに、そんなにきつく言わないでよ、ってなったとき、ＬＩＮＥがきた。

3月20日（月）

うまくいっていると思う。今日の20歳の誕生日も、この土日で遠藤さんがイベントを企画してくれた。岩手と宮城をめぐる旅。

盛岡では、遠藤さんの同期の涼人さん美鈴さん夫婦と飲んで、楽しかった。サプライズでバースデープレートも出してくれて。恥ずかしかったけど、うれしかった。

2017.3

弘前《ひろさき》城の桜を見に行った。

この前、皮膚科に行って、足の裏のイボを液体窒素で焼いてもらった。歩くのが痛いと言っていたら、遠藤さんは、「それ、立ち仕事のせいでしょ。我慢してまで働かなくていいんじゃない？」

確かにだいぶ働いたから、函太郎はもういいかも。

遠藤さんからのプレゼントは、パナソニックが出してるナノイー搭載のドライヤー。髪がツヤツヤになるやつ!

5月5日(金)
ゴールデンウィークは、札幌に2泊3日の旅行に行った。急に遠藤さんの実家にも寄ることになって、ご両親に「彼女だよ」って紹介してくれた。すごい緊張した。遠藤さん、どういうつもりだったんだろう。
いまのところ結婚の話はまったく出ていない。

8月25日(金)
大曲《おおまがり》の花火大会、いよいよ明日だ。いつか彼氏と一緒に見たいと思っていた。

8月27日(日)
ずっと楽しみにしていたのに、昨日は最悪だった。
我慢できないほどじゃなかったけど、朝からお腹が痛かった。
大曲に向かう途中で、本当に痛くなった。痛すぎた。
1時間くらいしか会場にいられなかった。結局、とにかく帰ろうということになって、来た道を引き返すことになった。

花火会場の大仙《だいせん》市内は、大渋滞。抜けるのに1時間ぐらいかかった。

そのあと、信じられないことが起きた。

「のん、俺ちょっと眠すぎて気絶しそう。運転代わってくんない」

どういうこと？　こんなにお腹痛いのに、脂汗かいてるのに、私が運転するの？

遠藤さんの機嫌が悪すぎて、私が運転するしかなかった。お腹が痛くて気を失いそうだった。事故るんじゃないかと思った。爆睡している顔を見て、絶対別れてやる、と思った。

なんとか無事に帰ったときには39度の熱と下痢、吐き気が一気に襲ってきて、そんな元気もなくなった。

8月28日（月）

一昨日から昨日の夜中まで、強くなったり弱くなったり、ずっとお腹が痛かった。

今日、内科クリニックに行ったら、胃腸炎と診断された。

出された薬を飲んでしばらくすると、激しい痛みは一応治まった。

9月3日（日）

遠藤さんが家を建てている。建設中の現場を一緒に見にいった。

ここで一緒に住もうと言われた。

うれしかったけど、だらだら同棲するのは嫌。10年とか一緒に住んで、なああになって別れるとかになったら最悪だし。一緒に住むなら、期限がほしい。そう思ってたら、ご両親に挨拶しなくちゃね、って。

意外とちゃんと考えてくれたんだ。うれしい。

9月24日（日）

実家に来た遠藤さんが、両親に「結婚を前提に、和さんと同居したいと考えています」と挨拶してくれた。お父さんも、ちゃんと挨拶してくれたのでほっとしたみたい。

2人とも緊張してて、ちょっと面白かった。

2017.9

遠藤さんが建てた家で、同棲を始めた。
弘前に桜見に行ったり、鰺《あじ》ヶ《が》沢《さわ》にソフトクリーム食べに行ったり、
スノボ行ったり、休みのたびにいろいろなところにドライブして、
遊び尽くした。
2018年８月の大曲花火大会の日までは、平和だった。

私、がんなんだ。（2018年8月〜12月）

2018年8月26日（日）

昨日は、久しぶりの激痛で、大曲の花火大会に行けなかった。最近はなかったのに。救急で見てくれた先生は便秘だって。絶対そんなことないよ。モヤモヤしているうちにもっと痛くなった。この意味不明な腹痛の原因をはっきりさせて治したい。

県病に行くのだって、もう4回目。

2ℓも下剤を飲まされた。嫌だったけど、遠藤さんがイッキのコールをしてくれて、それでなんとか飲めた。造影剤を使ったCTスキャンを撮った。

腸閉塞だって。やっぱり、便秘じゃなかった。明日からの入院が決まった。

とりあえずの痛み止めを出されて、4日後に改めて精密検査をする予約をとった。

8月28日（火）

横行結腸《おうこうけっちょう》、腸閉塞、どの言葉もけっこう気になる。

スマホでたくさん検索してしまった。大腸がんのページもヒットする。怖い。

腸の手術になるかもしれないけれど、治るならそうしたい。

8月29日（水）

明日の精密検査のために、今日は絶食。腹痛の原因がわかるなら、我慢する。食事のあとは腸の動きが激しくなって痛みが出やすい。食べるの大好きなのに、最近、食事が少し怖くなってる。何も食べていないときは腸が動かないから、そのほうが安心。

3日前、県病で腸閉塞がわかったとき、先生は「腸重積*の可能性がある」と言っていた。腸重積だったら、腸に空気を送り込む治療法があって、そんなに心配はいらないって。明日は、患部を特定するため大腸内視鏡検査をやる。

お腹が痛いの、ほんとに嫌。脚の手術がやっと終わって、両方のひざからボルトを取り出して、これで大丈夫だと思ったのに。またたもん。

18歳からだから、もう3年。いつも、みぞおちの左側のところ。前ぶれなく、いきなりガツンと強い痛み。時間が経つと、徐々に治まっていく。明日、全部すっきりして、普通に戻りたい。

8月30日（木）

先生の予想は違っていた。モニターに映ったのは、腸をふさぐ腫瘍だった。

想定外の結果に、先生も驚いているように見えた。

＊腸重積《ちょうじゅうせき》：伸縮式の指示棒を縮めた状態のように、腸が内側で折り重なってしまう病気で、腸閉塞の原因の1つ。子供が発症する場合が多い。

私は腸重積ではなくて、クローン病*かもしれない、らしい。

やっぱり、おかしかった。これまで、いくつだろう。5つ以上の病院に行ってレントゲンやCTを撮った。血液検査もした。

でも、どこも便秘か胃腸炎という診断だった。

全然違うじゃん。そうだよ、ずっと痛かったもん。

クローン病……とりあえず、名前が怖い。国指定の難病で原因不明って、なんか、いろいろ怖い。でも難病だけど、命にかかわるようなものではないらしい。もし本当にクローン病だったら、消化に悪いものは食べられなくなる。焼肉とか、一生食べられなくなるんだったら、嫌だな。

腸を完全にふさがれていたから、腫瘍を摘出する緊急手術を受けた。あっさり終わった。腹腔鏡手術だったから、そんなに痛くはなかった。

クローン病なのかなんなのかは、まだわからない。念のために、摘出した組織を病理検査に回すらしい。精密検査みたいなもの。だけど腹痛の原因が見つかって、ふさいでいた腫瘍を取ってもらえた。かなり、ほっとした。

9月5日（水）

父と母が、先生に呼ばれた。私は明日の退院に備えて、シャワーを浴びた。

午後4時ごろに病室に戻ったら、父がいた。

「のん、ちょっと話あるから。来て」

父は、私のほうを見ないで言った。

「なんで私だけあとから呼ばれるの？　もしかして、がんだったんじゃないの？」

父は、答えずに前を歩いていた。

患者に病状を説明するための部屋、面談室の扉を開けると、母がしゃくりあげるように号泣していた。

その様子で、わかってしまった。

摘出した組織をスライスして病理検査をしてみたら、がん細胞が見つかったとのことだった。ＡＹＡ世代*の若い女性が大腸がんになるのは珍しい。しかも、そのがん細胞が大腸から見つかることはめったにないので、ほかの臓器から転移した可能性があ

*クローン病：消化管に起こる原因不明の慢性炎症性疾患。主として10代後半から20代の若年者に発症。腹痛や下痢を主訴とし、発熱や栄養障害、貧血、関節炎などの全身的な合併症を伴うこともある。
*ＡＹＡ世代：思春期・若年成人を指すAdolescent & Young Adultの略で、アヤと読む。該当する15～39歳の患者は学業や就職、結婚、出産などのライフイベントが重なる時期でもあり、特別なサポートの必要性が議論されている。

ると説明された。

よくわからない。わかったのは、原因不明ということだけ。

「詳しく調べて、原発巣《げんぱつそう》を突き止めて取ってしまえば、それで大丈夫ですよね？」

父が質問した。原発巣って、最初にできた、がんの基地みたいなもの。

「いずれにせよ、抗がん剤治療はしなければならないと思います」

頭が真っ白になった。


頑張ろうってお父さんが言った。

お母さんと3人で肩組んだりして、涙が出てきた。ずっと、気が張っていたんだ。でも実感した。これは、私に起きたことだ。私が、頑張らないといけないんだ。あんまり、しんみりするのも良くない。遠藤さんに話す前に、全部の気力を使い果たしてしまいそうになった。ひとりになりたい。

なんとなく耐えられない感じになって、父と母には帰ってもらった。妹たちには、もう伝えてと頼んだ。ちょっと、自分では言えない。

まだ21歳なんだけどな。遥も結花もそんなことないのに、なんで私だけこうなんだろう。おともママも、私のせいでしなくていい苦労してるよね。ごめんなさい。

午後7時半。遠藤さんが病室に来てくれた。

言わないで別れようかなとも思ったけれど、ちゃんと自分から伝えた。

「私、がんだったんだよね。たぶんこれから大変になるから、今後のことよく考えてみてほしい」

驚いた顔だった。そうだよね、彼女ががんなんて、びっくりするよね。

遠藤さんは、一緒に泣いてくれた。廊下の隅で立ったまま2人で泣いた。涙を流す遠藤さんを見たら、何か悪いことをしてしまったような気がして、別れるでもいいからと言ってしまった。

大丈夫、一緒にいる。

言葉通りには受け止められない。

今日は返事しなくていいから。絶対、大変になるから。本当に、よく考えて。

それで帰ってもらった。

私が受け入れられてないのに、恋人の遠藤さんが、すぐに理解できるはずないもん。

遠藤さんの出した答えが、「普通の彼女がいい」だったら、文句言わないで別れる。

別れる。遠藤さんだけじゃない。私のため。途中で「やっぱ無理」とか言われたら、耐えられないよ。別れるなら、いましかない。

遠藤さんから、ＬＩＮＥきた。しばらく泣いた。

絶対、別れない。のんがつらいのを忘れられるまで、俺が幸せな気持ちと楽しい気持ちでいっぱいにして上書きしてあげる。

私と付き合ったせいで、こんなことに巻き込んで、ごめんね。


揺れ。しかも、けっこう大きい。

スマホを見たら、青森市は震度4だった。震源は、北海道の胆振《いぶり》。

看護師さんが巡回に来て、病室が騒がしくなった。

うるさい。まったく眠くない。でも、静かでも眠れなかったと思う。

9月6日（木）

ひとまず、退院。

「若いから、卵巣か胃が原発巣かもしれない」と言われて、産婦人科で内診をして、胃カメラの予約を1週間後に取った。

おばあちゃんの家で、2週間ぶりにお風呂につかった。

昔、みんなでひとつの家に住んでいたときが懐かしい。いまは別々の家に住んでいる。うちの実家はバランス釜*でシャワーもない。遠藤さんが建てた家は、もちろん最新式。でも、しばらく行けない。別れることになったら、もう二度と行けない。

父と母は昨日の夜、遥と結花にがんのことを話した。もう、おばあちゃんも知っている。私には「食べたいものを何でも用意するからね」と、にっこりしていた。

昨日、母が私のがんを知らせたときは、神さまに怒ってくれたらしい。

あの子はずっとひざの手術で苦しんだのに、まだつらい思いをさせるつもりなのかって。ほんとだよね。でも、そんなこと、いまは見せずにいてくれる。ありがとう。

遥は号泣して、相当ショックを受けていたって。結花は元気そうでよかった。家族みんなが泣いているのを見て、なんのドッキリが始まったんだと思ったみたい。高校生だもんね、リアリティないよね。また涙が出てきた。

9月7日（金）

実家に戻った。夜、遠藤さんが迎えに来る。うれしい。両親は浮かない表情に見える。私も心配。がんだってわかって、まだ2日しか経ってない。これからどうなるのか誰にもわからないのに、遠藤さんは「大丈夫だ」って。なんで言い切れるんだろう。

＊バランス釜：浴槽の横に設置された給湯器で湯を沸かす風呂のこと。普及し始めたのは高度経済成長期。首都圏を中心に建設された団地で設置されるようになった。

9月8日（土）

遠藤さんの家は、やっぱり落ち着く。一緒にいるから落ち着くのかもしれない。

昨日の遠藤さんはかっこよかった。仕事終わりに、実家まで迎えに来てくれた。

「これから大変になるよ。遠藤さん、大丈夫？　別れてもつらいと思うけれど、進んでもつらいと思う。2人で、本当によく話し合ってね」

心配する父と母が声をかけたとき、遠藤さんは即答だった。

絶対に大丈夫です。

2人で車に乗って家に帰るときも、また言ってくれた。

絶対、大丈夫だから。俺にできるのは調べることだけって。

家には、がんに関する本が何冊もあった。昨日の今日で、もう買ってくれていた。

正直、ステージも、原発がどこかもわからない状況で読んでもなあ、とか思っちゃって、ごめん。気づかいはうれしかったよ。

9月11日（火）

やっとうとうとしても、毎晩夢を見て起きてしまう。

しかも、同じ夢だから余計に嫌だ。ベッドに横たわる自分の姿が見える。もうひとりの私が、その様子を上から見下ろしている。ベッドの周りに遠藤さんや私の家族がいて、泣いている。遠藤さんたちには見えない、悪魔がたくさん集まってくる。小さくて、しっぽが生えていて、ツムツムみたいで、見た目はそこまで怖くない。だけどそいつらは、少しずつ私の身体をかじっていく。私の身体は食べ尽くされていき、それで私は死ぬ。私が死んだあとの様子なのかな。夢の中で泣いて、泣きながら目覚めた。怖くて、話しかけて、起こしてしまった。

遠藤さんはいつも、私をなだめてくれる。自分の身体に何が起きているのかわからない。不安ばかり。がんだとわかっているのに、治療できないのが、もどかしい。若いと進行が早いみたいだし、怖い。

今日、診察で夢の話をしたら、先生に精神科を勧められた。

適応障害かもしれませんって。すぐに断った。

がんで充分つらいのに、病名また増やすの？

心まで病気にしないでほしいです。

9月24日（月）

あらでぃんさんと樹里さんの結婚式があった。２人とも知り合い。

最近、結婚式のインスタ見るのとか、つらい。いまの私には心から祝福できそうにない。すごく迷ったけれど、欠席させてもらった。お祝いは、遠藤さんに託した。

そんなことを思ってしまう自分にも、ショックを受けた。

二次会だけ出席して帰ってきた遠藤さんは、ＵＳＪのチケットを見せてくれた。

飲み友達のオトーサンがビンゴ大会で当てたらしいんだけど、「２人で行ってきなよ」って私たちに譲ってくれたって。

10月1日（月）

県病の産婦人科で、婦人科系の内診や細胞を取る検査をした。

20代の場合、大腸がんが原発のケースは少ないから、卵巣がんや乳がんなど、婦人科系のがんが原発の可能性もあるらしい。

ＰＥＴ－ＣＴ検査も受けた。

「卵巣にブドウ糖の集積が見られます」

最初にできたがんの原発は卵巣かもしれない。

でも排卵日が近くて、がんか排卵かの判別がしづらいらしく、未確定だった。

10月2日（火）

ＭＲＩの検査をやった。狭い筒状の機械の中に、わりと長い時間寝かされる。トントンと木槌を叩くような機械の音がうるさい。

2018.10

秋田県の男鹿水族館GAOに連れていってもらった。
私を励ますために、遠藤さんが考えてくれた。
病気のことが頭から離れない。ドライブ中も泣いちゃったし、日本海に沈む夕陽を見ても大泣きした。それでも、少しは気晴らしになった。遠藤さんには感謝でいっぱい。

閉所恐怖症の人は大変らしいけど、いつの間にか眠っていた。

そういう図太いところは、自分でも嫌いじゃない。だって、怖がったって仕方ないもんね。どうにもならないことは、どうにもならない。どうにかなるときは、どうにかなる。大変だったけど、ひざだってちゃんと治った。

明日、ようやく結果が出る。

10月3日（水）

県病の、消化器内科の面談室。私と遠藤さんと、お母さんとお父さん。

ハイリスク大腸がんのステージⅡ。

若い女性がなるのは珍しい。卵巣に問題はなくて、がんは大腸が原発であることがはっきりした。

「薬の種類は、何が一番いいか見極めたいので、もう少しだけ考えさせてください。とにかく早く抗がん剤治療を始めたほうがいい」

一気に、いろいろ言われて戸惑った。この前までは、詳しい病状がわかり次第、治療に入りましょうという話だったのに。意外とひどかったんだ。

説明されることが多くて、遠藤さんが仕事に行く時間がきてしまった。本当は午後の産婦人科の先生の説明を、一緒に聞いてほしかった。

産婦人科。

「検査では異常は見られません。ただ、抗がん剤治療を始めると不妊になる可能性も。未婚の櫛引さんの場合、卵子凍結という選択肢があります。次の生理までにどうするか結論を出してください」

卵子凍結について、先生が丁寧に教えてくれた。

抗がん剤をすぐにやるか。

抗がん剤を先延ばしにして、卵子凍結をするか。

生理周期予測アプリを確認したら、生理予定日は明後日に迫っていた。

2日後までに決めるのは、きつい。

赤ちゃんがほしいなら、治療開始前に卵子を採取して、凍結保存することができる。だけど凍結保存してあっても、卵子だけだと出産に至る可能性は低く、受精卵*の状態で凍結保存したほうが確率が上がるらしい。

でも受精卵は、正式に結婚した夫婦じゃないとつくれない。

---

*受精卵：日本生殖医学会の指針では、受精卵を使用する体外受精胚移植法を受けることができるのは、法的婚姻関係あるいは事実婚関係にあるカップルに限定されている。

明後日、2日後って。さすがに結婚は無理じゃん。

そうしたら私は、卵子しか保存できない。

高いお金をかけるのに、確率の低い卵子凍結か。でも次の生理まで待ったら、抗がん剤を始めるのも1か月遅くなる。たぶん、がん細胞もどんどん増える。

治療が遅れて死ぬのは嫌だ。

そのまま抗がん剤治療する道を選んで、赤ちゃんを諦めるのも、ありえない。

どうしよう。めちゃくちゃ迷う。

父は、卵子凍結にも出産にも、反対っぽい。面談室の外で、ぼそっと言った。

「卵子凍結をすると、抗がん剤を始めるのがそのぶん遅くなるんだよね？　しかも、妊娠中も治療できないのか……親としては、いま目の前にいる娘が大切だから……」

はっきりとは言われなかったけど、賛成じゃない。

遠藤さんにも、電話で叱られた。

すぐに治療しようよ。俺は、のんに生きてほしい。

生きるか死ぬかの話なのに、子供とか言ってる場合じゃないでしょ。

子供産むとしたって、妊娠中は抗がん剤できないじゃん。

その間に、がんが進行したら、どうするの？

俺は、のんが一番大事。

治療を止めて、さずかるかどうかわからない子供を待ち続けるよりも、のんの身体が良くなるのを優先してほしい。

そんなこと、私だってわかってるよ。
でも、本当に赤ちゃんが産めなくなっちゃったら？
私、一生、お母さんになれないってことだよ。
ずっと夢だったのに。
抗がん剤を始めたら、その夢が叶わなくなる。
あのとき卵子を採っておけばよかったって、絶対に後悔する。
そうなったら、父と遠藤さんを責めてしまうと思う。

母と2人で話した。
お父さんと遠藤さんは反対しているけど、私は、やっぱり子供を諦めたくない。
お母さんみたいに、ママになりたい。
だから、抗がん剤治療で身体がやられる前に、元気な卵を採っておきたいんだよね。
そう思うのって、ダメなことかな。

ダメなことじゃないよ。一番大事なのは、あなたの気持ちだから。それでのんが希望を持てるなら、お母さんは味方になる。


正直、母の顔は、そんなに賛成じゃないようにも見えた。

でも、味方になってくれるって。

ありがとう。

お母さんだって、最初はお母さんじゃなかったんだもんね。

私と遥、結花を産んで、おとと一緒に育てて、それでママになったんだもんね。

赤ちゃんを産むなら、採卵前も、妊娠中も、抗がん剤治療を止めなきゃならない。その間に、がんが進んでしまう。逆に、先に抗がん剤治療をやっても、不妊にならない可能性だってある。現実的に考えて、このまま治療したほうがいいのかな。

10月4日（木）

明日までに、決めないといけない。

両親と一緒に県病とは別のクリニックに行った。話を聞いてくれた先生は、東京のがん専門病院で働いていて、引退して青森に戻ってきた人らしい。

「もちろん治療は急いだほうがいい。でも、18歳のころから出ていた痛みの原因が、がんだとするなら、そこまで進行が早いものではないと思う。そんなに焦らなくていいと思うよ」

採卵、諦めなくていいんだ。

がん専門家の先生の言葉は、とても希望になった。

ほっとした。それなら。

気持ちが完全に決まった。

父は、私の目を見て、無言で何度かうなずいた。

わかってくれて、ありがとう。


遠藤さんは、仕事中なのに電話をくれた。どうなったかを気にしていた。

「クリニック、終わったよ。先生は、治療は焦らなくていいって。私は卵を採りたいと思ってる。帰ったら話をしよう」

あとは遠藤さんを説得するだけだったけれど、簡単には納得してくれなかった。

というか、全然ダメだった。

「どうしても諦めたくない」

「いや、どうしてもって言われても」

その繰り返し。繰り返してるうちに、泣けてきた。

私は頑固だけど、遠藤さんも負けていない。

泣いてしまった。遠藤さんは無言でティッシュを渡してくれた。

こういうところ、優しい。

「いまなら卵子凍結できるのに、やらないで赤ちゃんができなくなるなんて、嫌だ。絶対後悔する。死んでも死にきれないよ」

遠藤さんは仏頂面で、目も合わせてくれなかった。

でも、だんだん雰囲気が変わって、最後には「1回だけだよ」と言ってくれた。

「卵が採れなかったり、採卵できて人工授精がうまくいかなかったとしても、2回目のチャレンジはないから。そのときは、子供を諦めて治療に入る。約束してほしい」

けっこう強引にだけど、一応わかってもらえた。我ながら、よく頑張った。

本当は何回でもチャレンジしたいけど、約束は守る。

1回だけでも、賭けてみよう。

遠藤さん、私の願いを尊重してくれて、ありがとう。

10月5日（金）

怒濤《どとう》の3日間だった。

県病に「卵子凍結をします」と報告したら、青森市のエフクリニックの紹介状を書いてくれて、さっそく明日の受診が決まった。

遠藤さんは今朝も、卵子凍結や妊娠、出産を考えるより、早く治療をしてほしそうな雰囲気だった。私のことを大切に思ってくれているのは、本当にうれしい。

わがままでごめんね。

凍結するのは卵子だけだから、妊娠はうまくいかないかもしれない。妊娠、出産が叶っても、その間にがんが進行してしまうかもしれない。そうだとしても、私は、死ぬときまで卵子凍結を決めたことを後悔しません。

やれることは全部やったと思えるのと、そうじゃないのは、全然違うから。

治療方針も卵子凍結も決まったからかな、あの小さい悪魔の夢は、見なくなった。

10月6日（土）

予定通りに生理がきたので、エフクリニックを受診した。生理中なのに、内診。産婦人科の内診って、いつも痛い。お尻に筋肉注射。初めて打った。信じられないくらい痛い！　採血も8本。採血はもう慣れてしまったけれど、痛いものは痛い。

周りを見ると、待合室にいるのは、妊娠している人ばかり。

みんながみんな簡単に妊娠しているわけではないというのは、わかってる。

でも、私、子供がほしいだけなのに、なんでこんな痛い思いしてるんだろう。

病気になって、人生が狂いまくっている。

痛さにやられて、なんだか落ち込んでしまった。

10月7日（日）

遠藤さんがお金を出してくれた。

「のんの卵子を使うとしたら、産まれるのは俺の子でしょ。俺が出すよ」

「40万円だよ？」

「お金のことは考えなくていいから、やりなよ」

やっぱり、遠藤さんはかっこいい。

卵子を凍結保存するのに、こんなにお金がかかるなんて。

でも、まだ結婚もしていないのに、40万円も、もらっちゃっていいのかな。

いくら遠藤さんだからって、良くないよね。入ってた保険の、がん診断一時金が出たらお返ししよう。本当に頭が上がらないや。

10月14日（日）

付き合って、2年目の記念日。ケーキを買ってきて、一緒に食べた。

ほぼ2年前から同棲しているけれど、全然飽きないってすごいことだと思う。

大好きだからだな。

というか、病気になってから「がんになった価値あるかな」と思えるくらいには、愛が深まったような気もする。トラブルの多い身体でごめんね。

これからも、しんどいことはたくさんあると思う。

普通の彼女の500倍くらい大変だと思う。

けど、よろしくね。死ぬまで愛してね。

10月17日（水）

卵子凍結のための採卵が終わった。この10日間、よく頑張った、私。

採卵は、信じられないぐらい痛かった。

準備段階で打つ注射は、お尻か、お腹のどちらか。私は、お尻にした。普通は1か月に1個しか排卵しないところを、10～20個くらい排卵するようにするホルモン剤。

本当は家に持って帰って、自分で打つものらしいけど、怖いからクリニックでお願いした。これを10日間、毎日、自分で打つなんて無理。卵の数が増えてきたら今度は排卵を防ぐ注射も打つから、2本に増える。

自分で望んだことだから、耐えようと思っていたけれど、無理だった。

30㎝以上ある採卵針を膣から刺して卵子を採る。それが痛すぎて。

激痛に負けて、採卵の途中で麻酔をしてもらった。しかも、その麻酔で具合が悪くなってしまった。でも、本当は麻酔なしでやるらしい。マジか。

「まだ結婚したくないけど、念のため若いうちに卵子凍結しとこうか」って軽いノリで言う人もいるらしいけど。ものすごく痛かった。

21個も、卵子を採取できた！

普通は採れても10個とかみたい。まだ若いからかな。

少しでも多いほうが可能性が高くなるから、うれしい。

年に1回、2万7000円の更新料を払い続ければ、私が生きている限り、卵子を預かってもらえる。

遠藤さんに報告したら、「いっぱい採れて、すげえな」って驚いてた。

まず採卵はうまくいって、よかった。

10月22日（月）

今日も、大腸がんについて調べた。

不確かな情報も多いらしいから、国立がんセンターが出している本を買った。ネットの情報も、病院が運営しているサイトとか、きちんとしているものだけ目を通すように気をつけている。

●大腸がんには、腺腫《せんしゅ》という良性ポリープががん化するものと、正常な粘膜から直接発生するものがある。早期は自覚症状がほとんどなく、進行すると症状が出る人が多い。血便や下血、下痢と便秘の繰り返し、便が細い、便が残る感じ、おなかが張る、腹痛、貧血、体重減少などがある。

●がんの深さが粘膜か、粘膜の下層までなら早期がん。粘膜下層より深ければ進行がん。早期であれば、ほぼ１００％治癒できる。

●がんは、大腸の中でもS状結腸と直腸にできやすい。

●がん組織が大腸を完全にふさぐ腸閉塞の状態となることがある。

●腹膜以外の臓器にも転移する。転移先として多いのは肝臓や肺、骨、脳など。

●治療は、外科手術による切除が第一選択。転移がある場合も、切除可能な場合は手術することが多い。末期の状態にまで進行して取り除くことが困難になったら、進行を遅らせるための抗がん剤治療や放射線治療を行う。

●末期には、出血や腸閉塞が起こりやすくなる。腸閉塞の治療のために、人工肛門（ストマ）を造設することがある。

●がんの組織が腸管を突き破り、そこから腹腔内に散らばったがん組織が腹膜に転移して腹膜播種という状態になると、腹水や水腎《すいじん》症、激しい腹痛などを引き起こす。

●大腸がんは他の部位のがんに比べると生存率が高い。しかしステージⅣまで進行している場合、５年生存率は18％程度と厳しい。末期の状態になると完全治癒は望めず、治療そのものより残された時間をどう過ごすかを考えるべき。

●末期には約７割の患者が主たる症状として痛みを訴え、激痛のこともある。

●痛み止めとして鎮痛剤や鎮痛補助剤を投与するが、病状が進むとコントロールが難しくなり、モルヒネ等の麻薬を使ったり、神経ブロック注射なども行われる。

私のがんは横行結腸にある珍しいタイプなのかもしれない。ステージⅡ、早期ではない進行がんで、周囲にひろがりつつある。

激痛って、どんな感じなんだろう。いまよりずっと痛いのかな。

どの本やサイトを見ても「40歳を過ぎたら大腸がん検診を受けましょう」って書いてある。10代とか20代の人がかかる病気じゃなさそう。

遠藤さんは、都会の病院のほうが治療の選択肢が増えるから、東京の先生にセカンドオピニオンをもらおうって言うけど、そこまでするかは悩んでしまう。夜行バスでも交通費けっこうかかるし、ひとりで入院するの、さみしいし。

10月30日（火）

順天堂大学練馬病院でセカンドオピニオンをもらうことにした。

東京は、函太郎のヘルプのとき以来。

新宿から山手線で池袋、そこから西武池袋線に乗り換えて、練馬高野台駅で降りる。

すごい大きい病院。

血液検査やCTスキャン、MRIなど一通りやった。

しばらくこっちで入院だ。

せっかくの東京なのに、病院から出られないのはつらいけど、我慢だな。

11月8日（木）

全部の検査が終わった。

先生が「開腹してみないことには周辺のリンパに転移しているかどうか、がんが切除できるのかどうか、どういう状態なのかわからない」と言うので、もう1回手術することになりそう。手術なんて嫌だ。これ以上、痛い思いもしたくない。

どうせ抗がん剤治療をするなら、わざわざお腹を切る必要ある？

11月10日（土）

「取れるなら取ってもらったほうがいいし、いま手術しないであとで悪化したら、俺はもう立ち直れない。なんでもっと強く説得しなかったのか、一生後悔する。のんだって、その可能性を考えたら、手術したほうがいいと思うでしょ？」

嫌なことには変わりなかったけれど、確かにそうだと思った。

それに、遠藤さんを悲しませたくない。未来のダーリンを救うために手術するよ。

11月11日（日）

飲み友達のシゲさんが青森から来てくれた。

24色の色鉛筆セットに、ちゃんと鉛筆削りもつけてくれた。

カップラーメン「激にぼ」、ありがたい。地元の味、煮干しの味が強烈なのが大好き。リンゴジュースも恋しかったから、大事に飲もう。

11月19日（月）

手術の説明を聞いた。

8月末の県病の手術は、がんだってわかる前だったから、大腸の組織しか取らなかった。今度は、周辺のリンパなども取って転移があるかどうかを調べる。

「みぞおちから股のほうに、手術痕が15～20㎝くらい残ることになります」

聞いてない！　そんなことになっちゃうなんて。

命には替えられない。だからって、そんな簡単に割り切れない。

心の準備をする時間がほしくて、来週に予定されていた手術を、再来週に延期してもらった。とにかく、いったん青森に帰りたい。

11月29日（木）

また、東京。順天堂大学練馬病院に再入院した。

明日には、お腹を開いてがんを摘出する。告知されてからの3か月は、生きた心地がしなかった。怖いけど、今回は遥もお母さんも付き添ってくれるから、リラックスして、少しは笑い話もできる。

11月30日（金）

午前10時に手術室に入る。けっこう大きい手術だから、うまくいっても5〜6時間はかかる。もしも、がんが転移していたら、開いても何もせずに、またお腹を閉じると言われた。

手術前に遠藤さんにＬＩＮＥ。頑張ってこい、だって。では、行ってきます。

麻酔から覚めて時間を聞いたら、まだちょっとしか経ってなかった。

悪い予感しかなかった。最初は目の焦点合わなくて、ベッドの脇に誰かいることだけわかって、それからピントが合ってきて、お母さんと遥だとわかって、２人とも泣いてたから、それで確信した。私は泣けなかった。心配させたくなかった。ぐったりして動けないので、病室に入ってからも酸素マスクをつけていた。

夕方6時、大腸がんステージⅣの宣告を受けた。

お母さんと遥を見ていたから、心の準備はできていた。

不思議と、ショックは薄かった。

2018.11

お腹を切る前、仙台デート。
牛タンを食べて、うみの杜水族館に行った。
アシカショーを見ていたら、うれしくて悲しくてさみしくて、急に
涙が出てきた。

30代に見える若い先生は、丁寧に話をしてくれた。

「子宮や卵巣や胃も全部見たけれど、きれいだった。でも、がん細胞がお腹全体に広がっている腹膜播種が確認されたので、櫛引さんの大腸がんは、ステージⅣということになります」


腹膜播種。深刻な状況らしい。

スマホで検索したら、東大のページがわかりやすかった。

〈胃や腸などの臓器とお腹の壁の内側を覆っている薄い膜を腹膜といい、癌の腹膜への転移を腹膜播種といいます。癌細胞が種が播かれたようにお腹の中に散らばることから付いた名称です〉

お腹にがんが広がっちゃったのか……なんにも感じないけど。

12月1日（土）
また遠藤さんを泣かせてしまった。
ステージⅣだもんね。ごめんね。
いま、新幹線で東京に向かってくれている。あとちょっとで会える。うれしい。

2018.12

遠藤さんが東京まで来てくれた。

顔を見られただけで安心した。

明日、仕事なのはわかるけれど、まだ帰らないでよ。

12月3日（月）

先生と2人きりで話をする機会をつくってもらった。

母も病室にいたけれど、泣かせちゃうかもしれないと思って、外に出てもらった。

疑問があると不安になるから、何でも質問しようと決めていた。

「将来、妊娠したいと思っているんですけど、大丈夫ですか？」

「それは全然できると思うよ」

良かった。安心した。

「抗がん剤が効いているかどうかって、どうやってわかるんですか？」

「それは、定期的にCTを撮らないとわからない。長い治療になるとは思う」

「長いって、どれくらいですか？」

「半年程度、かな」

半年か。短いようで、長そう。

12月5日（水）

「私、東京にいるんだし、半年ならこっちで治療しなよ。県病は、がん見つけてくれなかったじゃん」

遥はそう言っている。

確かに、東京でしかできない治療があるなら、それも考えなきゃいけないかもしれない。

でも、そうしたら半年、ひとり暮らし。不安だったから、先生に相談した。

「効果があるという証拠、エビデンスが確立した標準治療は、どこで受けても同じ。住み慣れていて、サポートしてくれる家族もいる青森で受けたほうがいいと思う」

ちょっと、ほっとした。

特に問題がなかったら、明後日には退院。

結局、2か月で32日間も入院してた。

青森に帰って、抗がん剤治療を始める。

結婚（２０１８年12月〜２０１９年12月）

2018年12月17日（月）

「あっごめんなさい。血管が見えにくくて。もう一度いいですか？」

いくらなんでも、なくない？　初日からこの感じだと、心が折れそう。このあと結局4回も失敗されて、左腕が痛すぎだよ。


点滴が落ちるのを見てる。

1本の点滴スタンドに、2つの輸液ポンプがつながっている。そこから一定のリズムで、薬が入っていく。いまのところ吐き気はない。でも、痺《しび》れて痛い。

血管が、赤い。ぷつぷつしてきた。どんどん浮き上がってくるのがわかる。

風邪のときに点滴を入れたら、楽になる。それの逆だ。薬が入っていくにつれ、変な感覚になる。これが効いてるということなのかな。だるすぎて動く気にならない。


県病に入院した。

今日から、ここで定期的に抗がん剤治療。

本格的にがんとの闘いが始まる感じがする。


朝、まず採血管3本分の血を採って、検査結果が出るのを1時間待つ。それから先生の診察。問題がなければ、抗がん剤治療に入る。

初回の今日は入院しての治療だけど、次からは外来点滴センターの中にある化学療法室でやる。みんな、ケモ室って呼んでいる。ずらりと30ぐらいのベッドと椅子が並んでいて、それぞれカーテンで仕切られている。患者しか入れないので、付き添いの家族は廊下で待つ。スマホは持ち込める。

最初に、吐き気止めとアレルギー予防薬を点滴で入れてから、いよいよ抗がん剤。今後は、効果を見極めながら、薬剤を変えていくと言われた。

薬剤の点滴は、経過観察の時間も挟んで、日帰りでも最低5~6時間はかかる。これを2週間に1回ずつやっていく。

今日は、1クール目の初日だ。まだ、始まったばかり。

12月18日(火)

1クール、2日目。

痛み止めと胃薬と、副作用で荒れてしまうから肝臓の薬。副作用をおさえるための飲み薬もめちゃくちゃ多い。ぐったり。トイレ以外は起きられない。一度抗がん剤が身体に入ってくると、ものすごくだるい。

ただ、吐き気はむかむかする程度で、恐れていたほどは感じなかった。ほっとした。

12月19日（水）

抗がん剤のエルプラット、最悪。

冷たいものを触ると、すごく痺れる。ベッドの柵で、もうダメ。

常温のお茶を飲んでも、のどが痺れる。ほとんど食べられない。飲むのもきつい。

副作用のことは聞いてたけど、これを2週に1回やるのは無理。

抗がん剤以外の治療、ないのかな。

12月20日（木）

退院した。3泊4日、長かった。

家に帰るまでが、地獄だった。青森の12月。当たり前に雪。降っていなくても、風は冷たい。副作用のせいか、手先も、足先も、痺れを通り越して痛かった。全部、画びょうを触ってるみたいだった。今日の靴じゃ雪を踏めなかった。車まで歩けなくて、遠藤さんにおぶってもらった。次は、1月7日。やりたくない。

12月25日（火）

クリスマスなのに手術。

胸元にCVポートという点滴の入り口のようなものを埋め込む手術を受けた。ここからカテーテルで太い血管につながるので、抗がん剤を点滴で腕から入れるより痛みが少ないし、手も自由になって、楽にできるって。

局所麻酔をして、切開して入れた。

麻酔がなかなか効かなくて、埋め込み手術がすごく痛かった。結局、鎮静剤を入れてもらってやった。

疲れ果てて家に帰ったら、遠藤サンタがいた！

ブラウンのフードプロセッサーと、野菜スープのレシピ本『まいにち食べたいスープごはん』。ずっとほしかったやつ。うれしい。料理頑張るね。

来年のクリスマスも、当たり前にパーティしたいね。

12月31日（月）

初めて、遠藤さんと一緒の年越しだ。

今年は散々だった。手術と抗がん剤の副作用のせいで、10kgもやせちゃったよ。

ステージⅡなら治るかもしれなかった。

でも、ステージⅣだった。

つらいことが多すぎて、生きるので精一杯だったなあ。

人生で一番「しょうがない」って言葉を聞いた年だったかも。

たくさん泣いた。

遠藤さんは、ずっとそばにいてくれたね。ありがとう。

2019年1月7日(月)

2クール目の抗がん剤治療が始まった。

初めて、ポートを使った。腕の点滴より全然楽。ポートにしてよかった。

とはいえ、だるい。ぐったりしてしまうのは前回と同じだ。

酸素が薄いところにいるみたいな息苦しさと、頭痛と吐き気と発熱と手足の痺れがひどい。今回は湿疹も出てきた。結局、10時間も病院にいることになった。

調子が良かったら仕事に復帰したいって思ってたのに、厳しそう。がんにはなっちゃったけど、普通に働きたい。

1月16日(水)

中学時代の友人たちと鍋パした。遠藤家に来てもらった。

いまだに仲良しって奇跡じゃない？　全員集合は久しぶり。すごく楽しかった。

2019.1

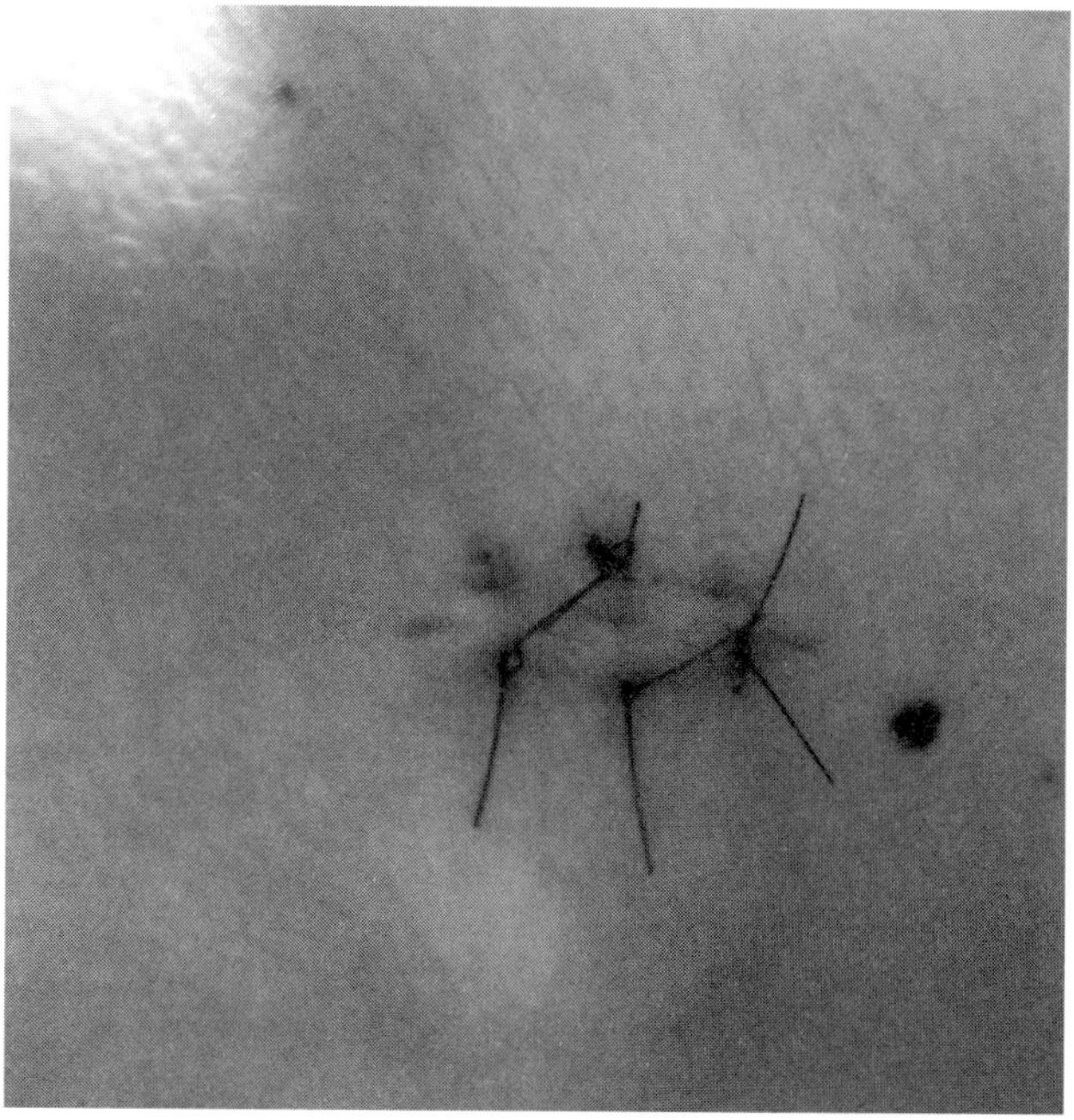

ポートは外からはわからないけど、触ると膨らみがある。

ペットボトルの蓋くらいの大きさ。

高さ１～２㎝だけど、けっこう異物感。

ケモをする隔週月曜日には、ポートに外から針を刺して、抗がん剤を点滴する。

2月16日（土）

3クール目が終わろうとしている。

抗がん剤治療の感じが、わかってきた。

始めてから、3日目から5日目ぐらいが、具合悪さのピーク。ごはんも食べたくないし、できることなら水分も摂りたくない。1時間に1回、吐き気でトイレに駆け込む。胃に何もなくても、えずいてしまう。

そこを抜けると、少しは復活する。復活といっても、ひどい副作用がないだけで、トイレとのどが渇いたとき以外はずっと寝たきり。1日20時間くらい寝てる。

まるで使い物にならない。これが一生続くのかと思うと、泣ける。

3月3日（日）

最悪だ。まだ4クール目なのに、入院になってしまった。

2月25日に4クール目の抗がん剤を入れてから、ずっと吐き気が止まらなくて。食べてもすぐ戻しちゃうから、薬も飲めなかった。外来で診てもらって、吐き気止めか入れてもらったけど、全然効かない。

苦しくて耐えられなくて、夜に救急外来に来たら、そのまま入院になっちゃった。

普通は、回数を重ねるごとに抗がん剤に慣れるらしい。私はどんどんつらくなっている。薬が身体に蓄積されているような感じ。

精神的なものも大きいみたい。

ケモ室に入るとむかむかするみたいなことも体験した。あとは、匂い。治療日に、たまたま病院の売店で唐揚げの匂いがして吐き気。治療の日に飲んでいたお茶も吐き気。それで綾鷹が飲めなくなった。ほかのペットボトルのお茶は飲めるのに。

あと、桃。飲み薬の抗がん剤「TS−1」はピーチ味で、口の中で溶ける錠剤だった。副作用がきつくて、桃系の匂いのジュースとかグミとかが、全部無理になった。

3月8日（金）
ようやく退院。抗がん剤治療、どんどんしんどい。

3月20日（水）
22歳の誕生日、今日は調子がいい。
みんなからおめでとうって言ってもらえて幸せ。ありがとう。
生まれた幸せを噛みしめて、22歳も笑顔で生きていきます。次の誕生日もその次の誕生日も、順調に歳を重ねていきたい。

4月30日（火）

抗がん剤のタイミングをずらして、完璧な準備をした。3泊4日で関西旅行。

初日は、大阪の海遊館に行った。

結婚して大阪にいる友達のサキさんとも会えて、旦那さんと4人でごはんを食べた。

2日目は、遠藤さんが結婚式の二次会で譲ってもらったあのチケットでUSJ。

最終日は京都の伏見稲荷とか清水寺に行って、帰ってきた。

遠藤さんは体調を気づかって歩くペースを考えてくれたり、荷物持ってくれたり、上着貸してくれたり、とっても優しかった。平成最後をキラッキラに飾れた！

5月28日（火）

「いましているのは延命治療。目的は根治ではなくて、症状をやわらげたり、遅らせたりする治療です」

静岡の病院からヘルプで来ている先生に、はっきり言われた。

抗がん剤治療、半年だけでいいんじゃなかったの？

治そうと思ってやっていたのに、ショックだった。

抗がん剤、一生やらなきゃいけないんですか？

「延命治療だから、終わりはないです」

そんなの困る。子供もほしい。

「産むことはできます。でも、その子が、お母さんがいない子になる覚悟と準備はしなければならないと思う」

私、もうそんなレベルなの？

がん、治らないんだったら、なるべく早く子供がほしい。

遠藤さんと私の子供。でも結婚しないと、この前、凍結した卵子は使えない。

がんは治らないって、遠藤さんに言いたくない。どうしよう。

しっかり治して、結婚しようって話だった。がんが治らないなら、話は別だよね。

抗がん剤は、ずっと続く。私がそばにいるのは、絶対に負担だ。

「私のこと、一生背負ってください」なんて言えない。

明日、遠藤さんと話す。嫌でも、ちゃんと話す。

5月29日（水）

「治らないなら、いつ結婚しても同じじゃん」

治らないって、死ぬってことだよ。

「それでもいいよ」

大好き。

5月30日（木）

私が死んだら、遠藤さんはどうするんだろう。

遠藤さんをひとりにしたくない。それに離婚と死別って、また違うと思う。

戸籍にバツをつけてしまうのも、申し訳ない気持ちになってしまう。

まだ若いから、ほかの人を探しても間に合うんじゃないかな。

わざわざ病気の嫁をもらわなくてもいいんじゃないかな。

5月31日（金）

支えてもらえるのなら、支えてもらいたい。

遠藤さんと結婚したい。

だけど、その後のことを考えたら、前に進めない。私、何がしたいんだろう。

抗がん剤は、お休みにした。かなりしんどくて、半年やったからちょっと休ませてほしいと先生に頼んだ。2か月くらい休止。

6月2日（日）

秋田の玉川温泉に来た。全国各地のナンバーの車がある。

みんな、最後の砦《とりで》だと思って、玉川温泉に賭けているのかもしれない。激混み。

青森の恐山《おそれざん》みたいな、岩だらけのところのあちこちから煙が噴き出していた。ここで寝っ転がる岩盤浴をすると、がんにいいと言われている。ニトリで買ったゴザを敷いた。地面からの熱がすごくて、けっこう汗をかいた。至るところに寝そべっている人がいる。

若い人は全然いない。お年寄りばっかり。なんかすごい光景だった。

6月8日（土）

札幌から青山さんが来てくれた。がん診断一時金、200万円を受け取れるって。

6月9日（日）

青山さんに、朝から詰められた。

「凍結した卵子を受精卵として使いたいから結婚して？　それは言い方違うんじゃない。受精卵の話はいったん置いておいて、遠藤と、純粋に結婚したいと思わないの？」

何も言えない。

「なに意地張ってんの？　嫌いになったわけじゃないんでしょ。さっさと結婚しちゃえよ。つべこべ言ってる場合かよ」

覚悟ができた気がした。私たちって、いまでも、結婚したほうがいいって思ってもらえているんだ。私は死ぬかもしれない。そうだとしても、人生の中に、遠藤さんの奥さんでいる時期があってもいいんじゃないかな。そうだよね。

結婚する。今日、私と遠藤さんは決めた。

ちょうど6月で、ジューンブライドフェアがいろいろな結婚式場で開催されていた。試食会や、式場の見学の申し込みもできるようになっている。

遠藤さんの次の休みには見学に行けるように、3件、申し込んだ。

6月15日（土）

さっそく、式場見学に行った。それで、最初に見たところに決めた。

ドリームタウンアリーにあるフレアージュスウィート。

ちょうどよく、結婚式のタイムスケジュールも体験できてイメージがわいた。

ドレスも見られて、すごく素敵だった。

何より、チャペルが真っ白できれい！　ザ・教会。

遠藤さんも、いいと思ってくれたみたい。

私は挙式だけできれば良かったけど、披露宴もやりたいって。遠藤さんのご両親や友人たちは、わざわざ北海道から来てくれる。挙式だけじゃ、あっさりしすぎか。

6月18日（火）

遠藤さんのことがわからない。

どうして、プロポーズしてくれないんだろう。指輪もいらないし、ほかに何もいらない。ただ、遠藤さんの言葉で、プロポーズしてほしいだけなのに。

大喧嘩した。がんに負い目を感じているから、ちゃんと言葉がほしい。

それがあるだけで、安心できるのに。

6月21日（金）

心の準備ができてないって、いまさら！

だったら結婚の話なんか進めないでよ。

ひざまずいて、指輪のケースをパカッと開けてくれるとか、すごく憧れだったのに。

もう、なし崩し。

6月23日（日）

櫛引家での挨拶が、無事に終わった。遠藤さんはスーツでキメてくれた。

結局プロポーズはなかったけど、「和さんと結婚します」ってちゃんと言ってくれた。

両親が喜んでくれてよかった。

6月27日（木）

食堂のバイト面接に行った。

がんに邪魔されないで、普通の生活がしたい。でも、抗がん剤治療中は働けないし、急に体調が悪くなるかもしれない。どうしようって相談したら、遠藤さんがいろいろ当たってくれて、事情を理解してくれるお店を見つけてくれた。

面接、受かった。働けるってうれしい。

7月6日（土）

青森にはブランドショップとかないから、札幌の大丸を歩き回った。

最初は、カルティエ。ビビッときた指輪はあった。これに決めてもいいかと思ったけれど、まだ1軒目。もう少し見てみることにした。

スタージュエリーも見てみた。だったら、さっきのカルティエかなあ。

3軒目、ティファニー。もう、頭の中で何度でも再生できる！

「結婚指輪のコーナーが混んでるから、婚約指輪、見るだけ見ていい？」

「全然見なよ」

「遠藤さん見てこれ！　ダイヤでかっ！　すごくない？」

はしゃいでいる私に、店員さんが「つけてみませんか？」と声をかけてくれた。

「あ〜ほんとかわいい！　ティファニーの婚約指輪は憧れだよ！　この指輪いいな、ほんとにかわいい、すごい〜」

「じゃあこれ、タグ切ってください」

一瞬、何が起きたのかわからなかった。

遠藤さん、そんな即決？　いくらするの？　結婚指輪じゃないけど、婚約指輪も買ってくれるの？　っていうか私、遠藤さんと本当に結婚するんだ。わけがわからないのと感動で、涙が止まらなくなった。

化粧が崩れるくらい泣き続けている私を見て、店員さんは困っていた。

遠藤さん、プロポーズはしてくれなかったけれど、ちゃんと私と結婚したいと思ってくれているんだ。今日は、最高の1日だった。

明日は、遠藤さんの実家に行って結婚の挨拶をする。うまく話せるかな。

7月7日（日）

遠藤さんのしゃべり方に、びっくりしてしまった。

「和と一緒に来たからわかってると思うけど、俺たち結婚することにしたから」

ご両親に、そんな言い方!?

動揺して、「よろしくお願いします」としか言えなかった。

ご両親からは、将一はああ見えて、けっこう優柔不断なところもあるからサポートしてあげて、と言われた。肝に命じます。

7月10日（水）

県病に、昨日受けたCTスキャンの結果を聞きに行った。

お休みが楽すぎて、ワンチャンこのまま延長できないかなと思ったけど、そんなうまくはいかなかった。抗がん剤を再開することになった。しかも今日から。

7月26日（金）

抗がん剤の「TS－1」を飲み始めてから、2週間以上も下痢と腹痛が続いてる。ピーチ味のやつ。点滴、整腸剤、下痢止め、いろいろ試したのに全然回復しない。

入院して原因を調べることになった。

食べるとお腹が痛くなるので絶食して、大腸検査とCT検査。

結果は、異常なし。

転移とか再発だったらどうしようって怖かったから、ほっとした。

だけど、じゃあ逆に原因なに？って怖くなった。

とりあえず痛みだけでも取ってほしい。もう治療やめたい。

2019.7

大曲の花火大会、信じられないほど素敵だった。
去年もおととしもお腹が痛すぎて無理だったから、もう一生、大曲には行けないんじゃないかって、諦めかけていた。
でも、やっと。本当にうれしい。感極まって、泣いてしまった。
来年も、再来年も遠藤さんと一緒に行きたい。

9月10日（火）

〈交際2年というところで癌発覚。告知されて長く生きられないと思った私は「彼のためにも別れたほうがいいのかも」と別れ話を切り出しました。でも彼は「絶対別れない。つらいの忘れられるくらい楽しい気持ちと幸せな気持ちにさせてあげる」と言ってくれました。その言葉通り彼は、絶望して毎日毎日泣いている私に寄り添って、理不尽に八つ当たりをしても決して怒らず支えてくれたり、癌のショックで睡眠障害になった私の背中を寝るまでさすってくれたり、入院中は毎日お見舞いにも来てくれました。やりたいこと全部やろう、といろいろな場所に連れ出して、綺麗なもの沢山見せてあげるねと言ってくれました。〉

よし、完成。日テレの『1億人の大質問!?　笑ってコラえて！』の「結婚式の旅」コーナーに出演希望の手紙を書いた。けっこう頑張った。

この先どうなるかわからないから、少しでも情報を集めたい。当たるかな。

9月11日（水）

動物病院に連れて行ったら、生後2か月くらいの男の子。名前、考えなくちゃ。「豆ちゃん」にしたかったのに、遠藤さんの元カノのチワワと同じだって。

2019.9

またひとつ夢が叶った。トラ柄で、めちゃくちゃかわいい。
昨日、捨て猫がいるって知り合いから連絡があって。
遠藤さんは猫アレルギーだから一瞬迷っていたけど、昔からの夢だって話したら、飼ってもいいって。遠藤さんのおかげで、いろんな夢が叶っていく。

そんなの絶対嫌。

じゃあ、おにぎりの具がいいなって思い直した。

のり、おかか、ツナ、こんぶ、うめ……。

ウメ！　ウメ、いいじゃん。しっくりきた。

9月28日（土）

体外受精の説明会。

遠藤さんと一緒に、卵子を凍結保存してあるエフクリニックに行った。

男性のなかには不妊治療に関わるのを嫌がる人もいるらしいけど、遠藤さんは違う。反対なら反対とはっきり言うけど、やるとなったら全力で協力してくれる。卵子を凍結するときには、お金まで貸してくれた。

ちゃんと自分ごととして考えてくれているのが、すごくうれしい。

10月3日（木）

エフクリニックと県病と相談して、抗がん剤治療をいったん休止することにした。

12月に結婚して、すぐ妊娠を目指すとなると、最低でも2か月は抗がん剤治療をやめないといけない。私の命をつないでくれる薬だし、先生からも、本当はおすすめできないって言われたけど。
私は、私の人生の大切なものを守るために、治療の休止を選ぶ。
もちろん生きるのを諦めたわけじゃない。
夢が叶ったら、そのときから、すぐに抗がん剤を再開する。
たくさん悩んで決めたから、何があっても絶対後悔しない!

10月8日(火)
昨日の着信。笑コラの人から電話だった。
結婚式の旅、まさか当たると思ってなかったから驚いた。でも、まだ確定ではないです、とも言われた。いろいろ詳しく聞かれた。

10月15日(火)
笑コラの人から連絡があった。本人再現ドラマを撮るって言うけど、私演技なんかできるかな。

10月18日(金)
昨日、予定していたすべての抗がん剤治療が終わった。ぴったり10か月。

毎日薬飲むの、本当にストレスだった。

吐き気と手足の痺れと味覚障害と発熱、不眠、口内炎、頭痛、色素沈着、ニキビ、食欲不振……あらゆる副作用が出た。私、よく10か月も耐えたな。

最後の日、調子が悪くて久しぶりに吐いちゃったけど、遠藤さんがおかゆを作ってくれた。一生抗がん剤って言われたときは、ふざけんなって思ったけど、本当に治療をお休みするとなると、ちょっと不安はある。検査もしなくなるし、賭けでしかない。

婚姻届を出して正式に夫婦になったら、すぐにエフクリニックで人工授精にチャレンジ。これも1回きりのチャンス。ダメだったら、スパッと諦めて抗がん剤治療に戻る。約束だから。

インスタには、抗がん剤治療をお休みするって書いたけど、子供がほしいからとは書けなかった。外野の人にあれこれ言われたくなくて。遠藤さんや家族に理解してもらえただけで充分だと思う。

11月3日（日）

笑コラの人が来て、脚本のための聞き取りみたいな取材を受けた。かなり詳しく聞かれた。なにげなく見てる本人再現ドラマだけど、こうやってつくるのか。面白い。

2019.11

３日間、東京で笑コラの再現ドラマ収録。
鶴見川にお祭りの屋台のセットを組んでた。夏の設定だけど現実は冬だから、めちゃくちゃ寒かった。
楽しかった。協力してくれたみんな、本当にありがとう。

11月5日（火）

八甲田山が初冠雪のニュース。いよいよ冬だね。寒かったから、夜ごはんは豚バラ肉と白菜をたがいちがいに重ねたミルフィーユ鍋にした。すごくおいしくできた。

抗がん剤をやめて2週間半。なんだかお腹が痛くて張ってる感じもする。薬やめたから、ちょっとの変化でビクビクしてしまう。それでもやっぱり、薬中心の生活じゃなくなったのがいい。身体がだるくないし、重くない。肌荒れもしなくなった。食欲も少しずつ戻ってきている。何より、1日過ごしたあとの、夜の疲れが全然違う。

しばらくは、普通の幸せな日常を続けたい。

11月10日（日）

遠藤さんが、全然結婚式の準備に協力してくれない。

事前の打ち合わせでは、オープニングとなれそめの動画は自分たちでつくって、最後の締めの映像だけ式場にお願いするという話になっていた。

それで、オープニング動画は私、なれそめ動画は遠藤さんがつくることにしたんだけど、なぜか結局どちらも私がやることになっている。

「俺、動画のつくり方なんかわかんねえよ」

「私だってわからないけど、YouTubeとかで調べながらやってんだよ」

……っていう喧嘩をした。何度も。

「この写真使ってもいい？」って聞いても「えー、やだ」とか言われたり、写真選びに没頭して「うわー懐かしい！」って思い出にひたって、動画そっちのけになって進まなかったりで、けっこうイライラした。

遠藤さんは「明日でもいいことは明日やるタイプ」だから仕方ないのかもしれないけれど、ちょっとはやってよ！

12月21日（土）

日付が変わった瞬間、青森市役所に婚姻届を持っていった。

飲み友達が4人も来てくれて、市役所の守衛さんに、夜中に賑やかに提出した。

櫛引和から、遠藤和になった。

控えめに言って、最高の気分。

家族も友達も、みんなお祝いに来てくれる。

病気がわかったときからずっと、結婚なんて夢のまた夢だと思っていた。

結婚式より、お葬式のほうが、正直リアルだった。

だから、今日を迎えられて本当にうれしい。


ウエディングドレスを着た瞬間から、もう涙が止まらなかった。

チャペルに入ったら、みんなの顔が見えて、また泣いてしまった。

こんなに幸せな出来事って、人生でまだあるのかな。


テレビの人たちにも、本当に良くしてもらった。

笑コラ、いつ放送されるんだったたっけかな。一生懸命、文章を書いて、「結婚式の旅」に応募してよかった。テレビ局の人が演出や脚本を考えてくれて、事前に私たちや友人たちなど、本人出演の再現映像を撮ってくれた。披露宴では、それを流した。

家族も友達も、みんな泣いた。式場の人も泣いてた。

遠藤さんも泣いていた。

私も泣いた。

披露宴は2時間と決まっていたのだけれど、番組の人がつくってくれたVTRは45分もあった。お色直しも2回したから、あっという間だった。

友達と写真を撮ったり、話したりする時間があんまり取れなかったのは、少し残念。欲張りすぎちゃったかな。

でも、みんなが心から「おめでとう」って言ってくれて、結婚式を挙げて本当に良かったと思った。

終わったあとも余韻が残り続けて、「私たち幸せものだね」って、遠藤さんと2人でずっと泣いていた。みんな、ありがとう。


〈おと、まま。

今日まで22年間、愛情いっぱいに育ててくれてありがとうございました。

おと、今日は一緒にバージンロードを歩くことができて、とても幸せでした。

夢が叶ったよ。ありがとう。

まま、3人姉妹の中で一番手のかかる子でごめんね。たくさん泣かせてごめんなさい。中学のころから入院、手術を繰り返していた私。大人になってやっと落ち着いてきたと思った矢先の、がん。本当に心配をかけたと思います。

手術が終わって麻酔からさめた私に「こんな体に産んでごめんね」と言ったまま。

そんなことないよ。産んでくれてありがとう。

世界一かわいいままは私の自慢です。

これからの長い道のり、どんなことがあっても将一さんと乗り越えていきます。

人生で一番つらい時期を一緒に乗り越えられた私たちなら、これから先、何があっても絶対大丈夫だと思います。

私たちは幸せになれる自信があります。見守っていてください。和より〉

式で読んだ両親への手紙。

いまの私の気持ち。

2019.12

遠藤さんは、泣きながら笑っているドレス姿の私を見て、すごく喜んでくれた。もちろん抱きしめてくれた。
その拍子に、真っ白なジャケットに口紅をつけてしまった。
本番はワンサイズ小さいジャケットで、やりすごした。式場の人、ごめんなさい。

妊娠（2019年12月〜2020年7月）

2019年12月22日（日）

あー、幸せだ。まだ昨日の結婚式の余韻。

幸せは、それだけじゃない。さらに、びっくりすることが起きた。

1年ぶりに生理がきた！　抗がん剤を始めてから、ずっと止まっていた。

妊娠したくて抗がん剤を休止したのが10月18日だから、2か月ちょっと。生理が戻ってよかった。これで、エフクリニックを受診できる。凍結した卵子の体外受精は、生理が復活してから。

すぐに行かなきゃ。でも、明日は無理。だって新婚旅行だもんね。

12月26日（木）

結婚式の翌々日から、すぐ金沢に飛んだ！

温泉に入って、カニとかアワビとか、のどぐろとか、能登牛とかおいしいものいろいろ食べて。干しくちこっていうナマコの卵巣を干した珍味も食べて。地酒飲んで、クリスマスにはフグ食べて。

千里浜なぎさドライブウェイに行って、車で砂浜を走った。エモかった！

私の希望を全部叶える旅でした。幸せすぎた！

結婚式も旅行も何もかも全部最高。一生で一番忙しくて、楽しい1週間だった。

12月31日（火）

本当にいろんなことがあった。

治りません。延命治療です。緩和ケアしましょう。

そう言われて、くそほど落ち込んだり。

このままじゃダメだ、ってバイト始めたり。

ウメがうちに来たり、結婚決まって舞い上がったり。

抗がん剤休止するって決断したり、結婚式が最高すぎたり。

一生分の感情を使ったかも。

2019年は、とっても幸せだった。がんがわかって、しんどくて、つらくてつらくてっていうのは、去年で終わりだった。今年は、わりと心穏やかに、覚悟を決められた。取り乱すことも少なかったと思う。

自分よりも大切な人がいて、その人が私のことを大切にしてくれていて、なんて平和で幸せな世界なんだろうって、うれしかった。

一生抗がん剤使うことが決まって、それでも一緒に頑張るって協力してくれて、私のわがままに付き合ってくれてありがとう。妊活も2人で協力している感じがして、素敵な旦那さんだって思う。俺にできるのはこれくらいって、いろんなことを自分ごととして考えてくれている。

幸せものです。ありがとう。来年もずっとよろしくね。

2020年1月10日（金）
エフクリニックを受診した。来週、体外受精をやる。
遠藤さんに、同意書を書いてもらわなきゃ。チャンスは1回。
うまくいきますように。

1月20日（月）
乳がんの人に会った。
がんの部位は違うけど、境遇が似ていた。体調や治療、仕事や家族のことについていろいろ話して、共感することがものすごく多かった。
こんな気持ちを抱えてるのは私だけじゃないんだって思えて、心が軽くなった。

1月24日（金）
結婚式と同じぐらい、ドキドキした。すごい1日だった。
最近、身体がだるくて、なんとなくずっと調子が良くなかった。
もしかして再発しているのかと思うくらい。

でも、エフクリニックの先生には「普通に排卵しそうだよ」と言われていたので、もしかしたら、という気持ちも少しあった。

明日は、県病でCTを撮って、がんの様子を診てもらう。CTをやると、放射線被ばくがある。だから、妊娠中はしちゃいけない。心配になって遠藤さんに相談した。

「撮る前に、一応調べてみたら」

ドラッグストアで買った妊娠検査薬を初めて使った。けっこう緊張した。

最初は何も反応がなくて、ほらねと思った。

けど、ちょっと待っていたら、うっすら線が見えてきた！

遠藤さんに見せたら、ものすごく喜んでくれた。

検査薬、1箱2000円くらいで、けっこう高いから一瞬迷ったけど、やって本当によかった。普通にCTを撮られていたら、赤ちゃんが危なかった。

すごいタイミング。奇跡だね。

1月27日（月）

妊娠確定。

エフクリニックに行った。内診では、まだ兆候なし。でも、尿検査したら反応が出てるから、妊娠のごく初期でしょう、って。

自然妊娠でいけると思っていなかったから、びっくり。うれしい。本当にうれしい。

1月28日（火）

がんの先生に伝えたら、「妊娠中は、治療でできることは限られます」って言われた。

まあ、先生は立場上、手放しでは喜べないよね。

私、本当にママになれるんだ。

次のチャンスはないかもしれないから、この赤ちゃんを大事にしたい。

2月5日（水）

笑コラで、結婚式がオンエアされた。

バイト先の食堂に20人くらいで集まって見たけど、テレビの反響すごい。

知り合いから、ＬＩＮＥが止まらない。

インスタには、ものすごい数のコメント。フォロワーもどんどん増えて、ＤＭもめっちゃくる。ゲストで出てたさっしーも、いいねくれた。すごすぎ。感動。

応援してくれる方ばかりで、幸せものだ。

たくさんの人の目にふれて、がんの治療法の情報が入ってくるといいな。同じように病気で苦しんでいる人のためにシェアしたい。

2020. 2

無事、23歳になった。遠藤さんとは、２日間だけ５歳差。
頑張って、ボンゴレビアンコを作ってくれた。
けど、ニンニクの切り方も知らなくて笑っちゃった。
今年も、幸せな誕生日になりました。

2月11日（火）

食欲がない。ここ最近ずっと、Ｄｏｌｅ《ドール》のグレープフルーツジュースを飲んでいる。種類によっては臭く感じてしまうし、ツブ入りは苦手だから、ずーっと、Ｄｏｌｅ。ないことも多くて、遠藤さんが夜中にコンビニをはしごしてくれた。逃げ恥の平匡《ひらまさ》さんみたい。

2月17日（月）

昨日、大失敗してしまった。

バイト中に、テーブルの角に腰をぶつけてしまった。

すごく忙しい日で、危ないなと思ってたのに。

激痛で、これはまずいって思ってトイレに行ったら、不正出血。パニックになった。

鰺ヶ沢にスノボに行ってた遠藤さんに電話したら、すぐに帰ってきてくれるって。

本当に気が気じゃなかった。今回は大丈夫で、ほっとした。

バイト行くのはやめて、お休みをもらうことにした。店長も、産まれるまで、ゆっくりしてていいよって。もっと気をつけて生活しよう。反省。

2020.2

遠藤さん、29歳の誕生日。

20代ラストイヤーには、革靴をプレゼントしました。

3月30日（月）

東京オリンピックが1年延期になった。

昨日は、志村けんさんがコロナで亡くなったっていうニュースも見た。

コロナ、やばいのかも。健康な若者は大丈夫みたいだけれど、抗がん剤をやっているとと免疫力落ちるし。もしかかったときに、治す薬がまだないのが怖すぎる。

さすがに気をつけなくちゃって思う。

4月10日（金）

つわりが苦しい。吐き気も強い。

だけど、抗がん剤の吐き気とは、何かが違う気がする。

赤ちゃんがそうさせている、幸せもありつつの吐き気。

あんまりわかってくれる人はいないだろうな。

4月20日（月）

緊急事態宣言が全国に拡大されることになった。

遠藤さんの会社も大変みたいで、今日からは家でテレワーク。私は、大歓迎。

お昼も一緒に食べられるし、仕事しているかっこいい遠藤さんも見られるし。

安定期に入ったけど、つわりは続いている。相変わらず、食後は気持ち悪くなる。

長かったけれど、ここまでこられてよかった。

明日は、3か月ぶりに県病で診察。

抗がん剤を休止してから、半年経った。

いまは、大事な赤ちゃんもお腹にいる。がん、落ち着いていてくれますように。

4月21日（火）

県病の診察。

「腫瘍マーカーが中等度上昇しています。基準値が0〜5のCEAが15まで上がっていて、基準値の3倍。再発の疑いがあります」

覚悟はしていたけど、せめて産んでからにしてほしかった。

「安定期に入ったから、抗がん剤を検討しましょう」と言われた。

困った。これからどうしよう。

4月22日（水）

たくさん泣いたから、いまはすっきりしている。

産まないほうがいいかなとも一瞬思ったけど、やっぱり産みたい。子供がほしい。

妊婦健診は土曜の予定だったけど、それまで待つのは怖いから、明日に変更してもらった。お腹が張っている感じが続いていて、気持ち悪い。

明日の準備とか、皿洗いとか、だるい。

4月23日（木）

妊娠16週目。

エフクリニックで、10時から妊婦健診。

この前までは、「経過観察のままだったら、うちで産めそうだね」という話だったのに、まったく変わってしまった。

「エコーを見たら腫瘍のようなものがあるから、まだなんとも言えないけど、県病で産んだほうがいいかもしれない」

やっぱり、どんどん悪くなっているのかな。

できれば、ここで出産したい。きれいだし、出てくるパンがおいしいから。県病の病院食は、正直おいしくない。全然気が進まない。それに県病は、コロナのせいで入館が厳しくなってる。だから、遠藤さんにエコー画像も見せられない。面会もダメ。どうしてかよくわからないけれど、赤ちゃんの性別も教えてくれない。

何を楽しみに生きればいい？

4月24日（金）

気分が落ち込んじゃってダメ。一日中、泣いてた。

私、いつまで生きていられるんだろう。

子供に何が残せるだろうとか、遠藤さんがひとりになっても苦労しないように、とか考えてしまう。遠藤さんは「一緒に頑張ろう」って言ってくれるけど、少し温度差がある気がする。子供のことを守れるのは私だし。

なんとなく、ひとりで戦わなくちゃいけない気がする。

こんな気持ちになっていること、誰にも言えない。

4月25日（土）

戌《いぬ》の日。妊婦生活も半分ぐらいにきたのかな。

朝から、善知鳥神社で安産祈願をして、おみくじを引いた。

午後は、遠藤さんがドライブに連れていってくれた。

弘前城で桜を見て、津軽白神の道の駅でソフトクリームを食べた。いい気分転換になった。落ち込んでいる私を見て、心配してくれたんだと思う。遠藤さん、やっぱり好き。30日のエコーの結果次第だもんね。切り替えよう。

いつもの、中学からの友達3人とオンラインで会えたし、頑張ろう。

4月26日（日）

遠藤さんと一緒にアカチャンホンポで、ベビーベッドとベビー服を見た。

このぐらいのサイズの服を着るころ、私は生きてるのかな、とか考えてしまって、少し悲しくなって涙が出た。でも、粉ミルクの値段を見たらすごく高くて、ビビって涙も引っ込んだ。できれば母乳で育てたいけど、難しいかな。

コメダ珈琲店で遠藤さんとお茶。２人だけの時間も、あと少し。

5月1日（金）

昨日、今日と県病で検査。

エコーや採血をしたら、腫瘍マーカーが上がっていたので、全身ＭＲＩもやった。

どうか、赤ちゃんに影響ありませんように。

5月5日（火）

乃が美の食パンを買って、9日前に産まれた友達の赤ちゃんに会いに行った。

ちっちゃくて、かーわいいい！　新生児たまらん……。

上のお姉ちゃんも大きくなって、よくおしゃべりしてた。

ちびっこと遊んでる遠藤さんを見て、たまらない気持ちになった。

5月7日（木）

妊娠18週目。県病で診察。5月1日に受けた検査の結果を知らされた。明日から入院になった。

がんが両方の卵巣に転移して、片方は10㎝を超えてしまった。腹水も増えている。そもそも大腸がんの人が妊娠するというのが、奇跡だって。そうだよね。乳がんとか子宮頸がんとかだったら、30〜40代の女性の患者さんも多いだろうけど、大腸がんになる人の平均年齢、60代だもん。

だから、困ったことに、妊娠中に使える抗がん剤の情報が圧倒的に少ないらしい。そんな中でも、先生がすごく頑張って探してくれて、並行して治療もできることになった。

もう18週だから、赤ちゃんに影響することはなさそうで安心した。とはいえ、やっぱり28週、うまくいっても30週くらいには産むことになりそう。普通だったら、40週くらいお腹にいられるのに。

不安。

赤ちゃんが最優先。でも、私も無事でいたい。なんだかんだ言っても、やっぱり遠藤さんと一緒に子供の成長を見守りたい。頑張ろう。

遠藤さんは、できる治療があって良かったって。

本当にその通りだね。


妊娠したことを、インスタに投稿した。

反響が大きくて、びっくりした。

今日は嫌なコメントばかりが目についてしまう。

子供がかわいそう。

そもそもそんな身体で子供なんか望むんじゃねえよ。

障害児確定ですね。産んで終わりにしないでください。

ちゃんと生きて娘さんを育ててあげてください。

嫌なコメントも少しはあるだろうなとは思っていた。わかって投稿したけど、こんな言葉を目にしたら、人並みに傷つくよ。

これは私と、遠藤さんと、子供のこと。

あなた、関係ないよね。

産んで終わるつもりもないし。

ちゃんと育てたいから早く産む決断もしたし。

落ち着いたら、私のことを本気で考えてくれている人が、そんな風に言うはずないって気づいた。

5月8日（金）

県病に入院した。

抗がん剤をする前に、生命保険の受取人を変える手続きをした。もしも私が、産むときに死んじゃったら。そんな話。死んだあと、私は何もできなくなる。胎児も保険金を受け取る権利があると聞いて、青山さんに相談したら、法定相続人と指定すれば、胎児でも受取人にできると教えてくれた。

身体はしんどいけど、いまのうちに全部やっておかなきゃ。

腫瘍マーカー値を調べてもらったら、CEAは64・5もあった。前回の数値は15で中等度上昇だったのに、一気に20以上の高度上昇の範囲に入ってしまった。

これから始める抗がん剤に効いてもらうしかない。

マウスで実験したときは大丈夫で、人間に使ったことも何回かある、ぐらいの抗がん剤だと説明された。でも先生は、「これやらなきゃ死ぬよ」ぐらいの温度感だったので、やるしかない。やったほうがいいと思った。自分で決めた。

まだ、ひとつでも治療法があったんだから、私はラッキーだと思う。

5月9日（土）

眠れなかった。吐き気はそれほど強くない。

身体がだるい感じはあるけど、つわりのほうがしんどい。

初めて胎動を感じた。私、ママだよ。2~3か月後には、もう会えるね。動いてくれてうれしい。あなたも一緒だから、治療を頑張る。

口内炎とニキビができた。抗がん剤が効いてる証拠だよね?

5月11日(月)

退院した。隔週での、このぐらいの入院なら全然耐えられる。

5月14日(木)

赤ちゃんの性別を聞きたかったのに、やっぱり教えてくれなかった。

だから、エコーのとき、それとなく「どっちですかね~」と言ってみた。

「うーん、見るかぎり、つるっとしてますね」

じゃあ、女の子!

遠藤さん、すごい。みんなの予想は、男の子だった。

妊婦がグレープフルーツジュースを飲みたがると男の子が産まれて、リンゴジュースだと女の子だっていう話があるらしく、私はグレープフルーツジュース派だったから。自分でも、男の子だろうなって思ってた。

遠藤さんだけが、ひとりでずっと「女の子だと思う」って。

やっぱり、パパは特別だ。

5月23日（土）

今回から自宅で点滴ポンプを使って、抗がん剤を3日かけて身体に入れる。毎回この針を、自分で胸元のCVポートから抜かないといけない。怖くて無理なので、遠藤さんに抜いてもらった。

腫瘍マーカー値のCEAは、3月までは基準値内。けれど、4月末には15、5月頭には35・4。抗がん剤を再開した2週間前には64・5でやばいと思ってたら、昨日は137にまで上がっていた。

1回の抗がん剤治療で、劇的な効果が出るとは思ってなかったけど、もうちょっとぐらい数字に表れてくれてもいいのに。がっかり。

副作用は軽い。肌荒れがひどいぐらいで、あとは少しの吐き気と、だるさと、声が枯れるぐらい。これからは隔週で週末に入院して、抗がん剤を続ける。

コロナがなかったら、気分転換に旅行とかしていたかな。現実逃避したい。

娘の名前を考えているときだけ、気持ちが柔らかくなる。私の希望。

6月1日（月）

朝から県病。今日から22週。どんな結果でも出産になる。ママになる。

妊婦健診をしたら、460g超えててうれしかった。エコーを見た感じ、鼻高くて美人さんなんじゃない？　どっちに似てるのかな。

ここまで順調に育ってくれてありがとう。あっという間の6か月だった。

あと1か月半、頑張ろうね。まだお腹の中にいてね。

一番そばにいるからね。会えるの楽しみ。

6月7日（日）

久しぶりのデート。抗がん剤ポンプをぶら下げてのドライブだけど。遠藤さんが、鰺ヶ沢にあるアビタニアジャージーファームに連れていってくれた。1年ぶり。

ここのソフトクリームは、世界一のおいしさなんだよね。

週末だけでも、入院はしんどい。

腫瘍マーカー値は、全然下がってくれない。それどころか、倍々で増えてる。これ、治療する意味あるのかな。それとも、まだ頑張りが足りないのかな。

どこまで頑張ればいいの？

延命しかできないってことは、死ぬギリギリまでこれを続けないといけない。

まだお腹にいる娘の成長に、意識を集中する。

私のことはいいから、無事に元気に生まれてきてほしい。

ううん、私も死にたくない。

遠藤さんと一緒に、この子を育てたい。

ちゃんと幸せにする自信だってある。

それなのに、私がママだから、たぶん、しなくてもいい苦労をさせてしまうことになるんだって思ってしまう。

悪いほうに考え始めたら、また、どうしたらいいかわからなくなってきた。

6月18日（木）

出産前、最後のケモ。抗がん剤を休止する。

6月25日（木）

妊娠25週目。満期の40週までは待てない。7〜8か月で産まないといけない。

がんの先生から言われて、いろいろ調べた。

28週の壁というのがあって、それより前に生まれてしまうと、子供に障害が残ったりする可能性もあるらしい。最悪の場合、自分ひとりでは呼吸ができない状態で生まれてしまうことも。

調べた通り、産婦人科の先生も消化器内科の先生も「28週を迎えられたら100点」と言った。だから、がんの具合を見ながらだけれど、28週まではお腹で育てたい。

遠藤さんからは「32週まで、お腹で育ててくれたらうれしいな」と言われた。

自分の身体だから、なんとなくわかる。32週は厳しい。私、たぶん死んじゃうよ。

「そんなこと言わないで。健康な赤ちゃんを産んで、のんも生き残るんだよ」

何度か喧嘩をした。

7月2日（木）

ドンキでブリーチ液とヘアカラーを買ってきて、髪をピンク色にした。遥たちがやってくれた。

初めてピンクにしたけど、かわいい。気に入った！

赤ちゃんが産まれるとき、お母さんたちはみんなすっぴん。すっぴんでもおしゃれできるのは、髪の毛しかないもんね。ピンクだったら、絶対に娘も覚えてくれる。

7月3日（金）

県病で診察。ＭＲＩの結果を聞いた。ひどいことになっていた。

卵巣の腫瘍は、前回の2倍以上に膨らんで、もうお腹の中に隙間がないくらい、ギチギチに腫瘍が詰まっていた。赤ちゃんより、腫瘍のほうが大きい。首のリンパにも転移したみたいで、しこりが３つもできていた。

腫瘍マーカーのＣＥＡは、基準値の１３０倍だって……。

がんの成長スピード、速すぎる。

でも、もうすぐ。ずっとなりたかったママになれる。あとちょっと。

私の命の日記（２０２１年７月～９月）

2021年7月11日（日）

娘の誕生日パーティの余韻にひたる間もなく、朝から訪看。終わって、遠藤さんと娘と3人でお出かけ。ルミネ新宿で、ずっとほしかった服を買った。余命宣告を受けてからしばらくは、どうせ死ぬかもしれないし、もういいやって思って、新しいものを買えなかった。でも、先月吹っ切れた。遥に誘われて、2年契約でiPhone12に機種変したら、単純にテンションが上がった。ほしいものを買うことを、ちゃんと楽しいと思えた。それ以来、ほしいものがあったら、願掛けも込みで思い切って買うようになった。

今日も、やっぱり気分が上がった。街を歩くだけで楽しい。Soup Stock Tokyoに行った。スープは野菜と出汁の味がしっかりしていて、おいしかった。絶食は続くだろうから、せめてがっつり食べた感のあるスープを飲んで、ごはん気分になりたい。さっそく明日、作ってみよう。

1歳になりたての娘が食べられるキッズメニューもあった。離乳食以外に挑戦するいい機会だと思って、初めてお店のごはんを食べさせてみた。よく食べた。できることが、またひとつ増えたね。

帰りは、夕立ちでびっしょびしょになったけど、こんな日もいいよねって3人で笑い合えた。

2021.7

遠藤さんと、1歳になった娘と、櫛引家のみんなと、お参り。
すくすく健康に育ってくれて、本当に感謝。
一生懸命生きてくれてありがとう。

7月13日（火）

明日からの入院では、3クール目の抗がん剤治療をする。

先生曰く「奇跡の3クール目」。最初に病院に行ったとき、抗がん剤治療は、できて2クールまででしょうねって、先生言ったもんね。このまま続けて頑張りたい。

でも怖い。この前の入院で意識を失ったことが、けっこうトラウマになっている。

戻ってこられなかったら、どうしよう。

どうか、副作用は少なめで、効果は絶大でありますように。

7月16日（金）

よく寝た。普段なら娘に起こされるから、こんなに熟睡できない。ひとりで病室のベッドで眠れて、すごくすっきりした。娘はおりこうさんで、私が作り置きしたトマトリゾットを、ぺろっと平らげたらしい。

もう会いたい。

意識を飛ばすのが怖いから必死に起きていたけれど、今回は副作用もそこまでじゃないし、むしろ調子がいい。鏡で見ても顔色も悪くないし、もう帰っていいかな。

看護師さんに相談したら、退院を1日前倒しにしていいって。

今日、これから帰れる。やった！

2021.7

お手紙とプレゼントが届いた。お守りもたくさんある。すごい数。
ありがとうございます。いつも支えられています。
治ったら、全国にお礼参りに行きたい。

薬が効かなくなってきたのか、吐き気がひどくなってきた。

お腹も痛くて、少ししんどい。午前10時に退院予定だったところを、午後2時まで休ませてもらった。

それでも、帰っていいって言われたからには、帰らせていただきます。

やっぱり、家で過ごすのが一番いいもん。

帰ってきてからの記憶は、ほぼない。

そして、娘に起こされた。いま、午前4時。

7月18日（日）

だいぶ楽になったので、遠藤さんが行きたがっていた中華料理店、チャーハンがおいしい兆徳に行った。3年前に函太郎のヘルプで東京に来ていたときは、よく行っていた。テレビに出るような有名店なの知らなかった。猛暑の中、並んでようやくありつけた！　遠藤さんはチャーハン、私は卵スープだけ。

もうとにかく暑くて、無理。東京の夏をナメてた。

夜中からだんだんお腹が痛くなってきて、強い吐き気もあって、久しぶりにしんどかった。吐き気止めの点滴を追加してもらった。

無理しすぎたのかもしれない。

7月20日（火）

明け方、いつものように娘に起こされた。今日は、杏雲堂病院の診察。

昨日の朝から39度の発熱が続いています。血尿もあります。

訪看の人は、「腎臓あたりが炎症を起こしてるのかもしれない」と言っていました。

これは抗がん剤の副作用でしょうか？

私は、４クール目の抗がん剤もできますか？


発熱の原因は、腸閉塞か、腫瘍熱か、はっきりとはわからないけど何らかの炎症。

抗生剤での対応で大丈夫。

採血の結果をみると、抗がん剤は効いてるので、次もできると思う。

次の抗がん剤の前に、ＣＴスキャンを検討。想定より、ずいぶんうまく治療が続けられていて、私も驚いています。


４クール目が無事にできそうで安心した。

少しでも良くなっていてほしい。

あわよくば手術できるようになったらいい。

できる治療がない、と言われて余命を宣告されてから、ずいぶん迷った。身体が限界で、心も弱っていたんだと思う。もういいや。死ぬなら死ぬで。みんなだって、生きてほしいと思いながらも、諦めている気がしてならなかった。いつ死んでもおかしくないって雰囲気だったよ。

変わらなかったのは、遠藤さんだけ。

遠藤さんの中に、治療を諦めるって考えは一切なかった。

みんなが私の死に備える中、遠藤さんだけが治療を探していた。セカンドオピニオンに通って、いくつも病院を回ってくれた。本気で「治す」と思ってくれていた。

そのおかげで、いまがある。遠藤さんがこの病院を見つけてくれたから、命をつなげられた。治るって信じてくれている遠藤さんのために、頑張る。ありがとう。

7月21日（水）

昼間、離乳食のストック作りと、スコーンを焼きながらインスタライブをしてみた。視聴者数、8000人超え！　平日の昼間なのに。みんな、日本全国いろんなところから見てくれていた。撮影を手伝ってくれた遥もびっくりしていた。

久しぶりにフォロワーのみんなとお話しできて楽しかった。まあ、半分くらいは料理しながらしゃべりたいことを好き勝手に話していただけだけど。フォロワーさんは、みんな優しい。心が折れそうなときに、いつも励まされています。

がんになってから、いままで当たり前にできてたことが全然当たり前じゃなくなって。我慢しなきゃいけないことばっかりになって本当につらかったけど、普通に生きてたら絶対に体験できなかったようなことを経験させてもらった。私は恵まれてるし、本当に幸せだと思う。

7月22日（木）

初のしながわ水族館に行った。

娘は家を出たときからベビーカーで寝ていた。起きたら水族館で、大興奮。そうだよね。びっくりするよね。

娘は終始ご機嫌で、興奮していた。クラゲが好きみたいで、ゆらゆら泳ぐ姿を目で追っていた。よくよく観察すると、長いクラゲより小さいクラゲのほうが好きみたいだった。同じくらいの月齢の子は、だいたい泣いているか、飽きているかなのに、一心にクラゲを見つめる娘。私にそっくり。

イルカのショーでは、「う！」と言って鳴き声を真似していた。

娘の反応は、見ていて飽きない。この気持ちは、親にならないとわからないと思う。

これからも、いろんなところに行こうね。

次はおもちゃ博物館とか、楽しいかもしれない。

7月24日（土）

急遽入院になってしまった。

娘と何して遊ぶかいろいろ考えていたのに、がっかり。

一昨日の夜から、41度の発熱。今日も下がらない。腎ろうが詰まって菌が入り、炎症を起こしたようだった。月曜に退院できるはずだったのに、延期になった。

連休中の入院は、いつもツキがない気がする。4月も5月も今月も入院になって、全部予定通りの日には退院できなかった。もともと体調がいいわけじゃないから、次から次へと悪い病状が出てくる。いったん入院すると、なかなか帰れない。

抗がん剤治療は、しばらくお休みすると言われた。

ストップするのは、これで何回目だろう。早く治療を進めたいのに。

急な入院で、ごはんの作り置きも、離乳食のストックもない。冷蔵庫の中のものも、使い切れなかった。それが心配だったけれど、遠藤さんは自分でチャーハンと焼肉を作って食べたみたいだ。連休でよかった。娘の面倒をみてもらえる。

遠藤さんはどんどん頼れる人になる。私が入院してても全然大丈夫そうだ。

7月29日（木）

病室の居心地が最悪。

いつもは内科だけれど、今回は入院してるのが外科だから、相部屋の患者さんが、とにかく元気。部屋の中がおばあちゃんたちの井戸端会議の声とテレビの音であふれて、本当にうるさい。おかしくなる。こっちは40度の熱が出てるのに。大声で話すのも、テレビの音も、ガンガン響く。心からやめてほしい。

8月1日（日）

処置続きだった。

腎ろうを拡張してチューブを交換した。鎮静剤を入れたけれど、うなり声をあげるぐらいには、痛かった。

ストマのドレーンを抜いた。

貧血がひどすぎるせいで、朝5時までかかって輸血をした。アレルギー反応なのか、咳がとまらなくなった。いまは、酸素マスクをつけられて、ベッドの上。

もう飽きた疲れた帰りたい。1日中ベッドでYouTube見てる。暇すぎる。

まだ菌いるの？

限界すぎる娘に会いたい。

8月2日（月）

腎ろうは、がんセンターでつけた。だから、調整もがんセンターでやるのが普通だけど、同意書のことばかりが頭に浮かんで、どうしても行けなかった。

〈心肺停止となった場合にも心肺蘇生等の処置はしません〉

それって、自殺するのと一緒じゃん。

あのときは仕方なく同意書を書いたけど、いまの私は希望を捨てない。諦めない。

8月4日（水）

ようやく、熱が上がらなくなった。新しい抗生剤プロジフのおかげかな。

ポートの差し替えをしなくてもいいことになった。良かった。このまま熱が下がり続けて、血液培養検査で菌がなくなっていたら、帰れる。

昨日までは、ポートを差し替える方向で話が進んでいた。ストマの管を抜いても発熱が治まらないので、ポートのせいで細菌感染が起きてるのかも、というのが、先生の見立てだった。

見立てが違っていて良かった。

悪い見立ては、これからも全部外れてほしい。

ようやく熱が下がったから、いろいろなことができるようになる。

そう思っていたら、違った。

マスクしてトイレまで歩くだけで、息切れで苦しい。足がガクガク。シャワーを浴びたら、動悸と息切れと立ちくらみ。吐くかと思った。何かにつかまらないと立っていられない。体力が落ちすぎている。こんな身体で、抗がん剤に耐えられるのかな。


遥と結花からのＬＩＮＥを見直した。

「鳥森神社に行ったら、大吉は出なかったけど、〈なおる〉って書いてあったよ！」

うんうん。栄養のあるものを飲んで、少しずつ筋肉をつけないといけない。プロテイン、探そう。育児も治療もやるんだ。

8月11日（水）

20日ぶりの、外。遥が迎えに来てくれて、やっと退院できた。

2回も退院延期になって、心が折れそうになった。

でも、また1週間後には入院して、新しいポートを入れる。

退院直前に詰まってしまって、結局、差し替えることになった。次は、反対側に入れるらしい。いまはポートを抜いた状態なので、腕に点滴をつけている。

娘は、充電器のコードとか引っ張るの好きだから、管を抜かれないように、気をつけないといけない。

家に帰ったら、手紙とTシャツが置いてあった。遠藤さんと娘とおそろいのやつ。サプライズありがとう。

娘は、棚からいろんなものを引っ張り出してはポイポイ投げている。

いつからそんなことできるようになったの！

子供の成長スピードは信じられないくらい速い。

8月12日（木）

娘の健診日。遠藤さんと3人で、墨田区の病院へ行った。

「本当に行くの？　退院したばっかりじゃん。無理しないほうがいいよ」

遥にかなり心配されてしまった。

確かに、体力は落ちている。歩くのがつらい。やせすぎて、足を一歩動かすのもサポートがないとできない。でも行きたい。

「普通の1歳児と変わりなく成長していますよ。むしろちょっと大きいくらいかもしれないですね」

先生に太鼓判を押されて、安心した。

8月14日（土）

櫛引家のみんなで、烏森神社に行った。

私の体調が本格的に悪いから、願掛け。

そのあと、錦糸町のショッピングモールではほとんど自力で歩けなくて、貸し出しの車椅子に乗った。

8月19日（木）

新しいポートを入れることができなくなった。手術に耐えられる体力が残っていないと、先生に言われた。その代わりに、カテーテルを入れることになった。しかも2本。抗がん剤用と栄養剤用。管がまた増えた。あと何本増えるんだろう。

これで高カロリー輸液もできるようになるから、少しは栄養を摂れますか？

体重はとっくに30kg台まで落ちている。

もう何か月も絶食しているし、入院続きだったから。抗がん剤治療は体力勝負の部分もある。いまのところ副作用はないけれど、もし出てきたら、耐えられるのかな。やるしかない。

8月22日（日）

覚えていない。また、抗がん剤治療中に意識障害を起こした、らしい。

副作用で吐き続けていたところまでは覚えている。

私、いつから記憶飛ばした？

ＬＩＮＥ確認したら、27時間ぶり。

8月23日（月）

みんなから、大量のメッセージが届いていた。どんどん読んだ。どんどん読んだけど、文字を読んでも頭に入ってこない。麻薬のせいで頭にフィルターがかかっている。

みんなが心配してくれているのは、わかる。それだけしか理解できない。読めるのに、返信が書けなくてやばい。

どうにか頑張って、遥にＬＩＮＥした。すぐに返信してくれた。

「区役所で車椅子レンタルの手続きするから、免許証の写真送って」

一瞬、また理解できなかったけど、思い出した。そうだった。

私、歩けなくなったんだ。ベッドから、自分で身体を起こすこともできない。

それでも、よかった。また戻ってこられた。

私は生きてる。

8月24日（火）

それにしても、よく退院できた。意識障害も起こした。いまは難しいけれど、もう歩けないなんて嫌だから、帰ったら少しずつ歩く練習をしよう。

副作用がひどすぎて、ずっと吐いていた。

娘は絶叫しながら動き回っている。怪獣みたい。私が帰ってきたのを、喜んでくれているの？　遠藤さんが一瞬だけ目を離したすきにソファから落っこちて、それからずっと泣いていた。かわいそうなことしちゃった。ごめんね。

数秒だけど、立っちもできるようになっていた。エネルギーに圧倒される。

ママは、ちょっと疲れちゃったかもしれない。

相手をしてあげたかったのに、遥と遠藤さんに任せてしまった。

いまはストマが詰まり気味なのか、お腹が苦しい。腹水を抜いてもらった。

少しは楽になるかと思ったけど、まったくそんなことはなかった。夜中になっても、お腹が痛すぎて眠れない。レスキューして、麻薬を入れた。

頭はぼーっとしている。視界がゆらゆらする。耳はこもっているような気がする。

それでも、横になるといろんな機械がピーピー鳴る。仕方ないので、座って眠ろうとした。でもうるさい。眠れない。

8月29日（日）

一睡もできない日が続いている。横になると機械が鳴るし、座ったまま安眠できるわけがないし、どうすればいいのかわからない。

いとこが遊びに来てくれた。横浜に住んでいるいとこと会うのは久しぶりだった。子供のころから夏休みのたびに行き来していて、彼らの家に泊めてもらって八景島に遊びにいったのを覚えている。

娘とウメのことを、めちゃくちゃかわいがってくれた。

娘は、大泣き。知らない人たちが大勢来たことに驚いたのかもしれないと思ったけれど、少し様子が違う。抱っこするとき、妹たちとか私の顔を確認してくる。

もしかすると、初めて人見知りしたのかも。

もう、なにもわからない娘じゃない。

いろいろなことが認識できるようになってきたんだね。すごいね。

もう少ししたら、おしゃべりもできるようになるかな。

たくさんお話ししようね。

――８月29日まで和さんは日記を綴りました。ここからは、妹の遥さんが記してくれた、和さん最後の11日間の記録です。

2021年8月29日（日）

横浜のいとこたちが来てくれた。

お姉ちゃんはうれしそうだったけど、ときどき、苦しそうな表情にもなっていた。

このところ、すごく吐き気が強そうに見える。だから今日は、いとこたちとも「1時間だけ会いましょう」という約束だったけど、久しぶりだから、みんなでいろいろと話し込んでしまって。

そうしたらお姉ちゃん、「もう無理」って、いきなり吐いちゃった。いとこたちはびっくりしたみたいで、ちょっと気まずい、慌てた感じで解散になった。

時計を見たら、1時間半も経っていた。

「はる、1時間って言ったじゃん！」

お姉ちゃんに、吐きながら怒られた。1時間だけ吐くのを我慢するって決めていたみたいだった。私がちゃんとしなきゃいけない。

吐いたものが緑色で、びっくりした。心配になって、お母さんに相談した。

「まだ緑色が薄いし、粘り気もない。亡くなる前の人はもっと濃い、ほうれん草をすりつぶしたような緑色の粘っこいもの。和のは違う。だから、まだ大丈夫」

お母さんは昔、看護助手をしていて、何十回も看取りに立ち合ったことがある。

8月30日（月）

目が覚めても、お姉ちゃんはベッドから動けない。いつものように、お風呂で使う手桶とコップを渡して、歯磨きしてもらった。その間に、顔を拭くタオルをチン。歯磨きが終わるころにホットタオルと化粧水を渡して、ベビの離乳食を作る。元気があるときは、ベッドでスライサー。野菜を細かくしてくれるけど、今日はぐったりでダメかな。離乳食を、ベビに食べさせてあげるのはできた。

熱を測ったら、お薬の時間。

いま、点滴には、3種類の薬剤が入っている。

メインは、高カロリー栄養剤のエルネオパに、利尿剤、吐き気止め2種類、塩化ナトリウム、神経をリラックスさせる鎮静剤も加えたもので、24時間流れ続けている。ほかに、朝と晩の1日2回、胃薬のタケプロン。リンデロンというステロイドと胃薬のガスターを混ぜたものは1日1回。6時間に1回、痛み止めのロピオンも。

朝9時、粉末のタケプロンに生理食塩水10ccを注射器で入れて、混ぜる。気泡を抜く。ほかの薬と混ざらないように5ccの生理食塩水、タケプロン、また5ccの生理食塩水という順番で、点滴から枝分かれしている側管に注射器で入れる。

9時半すぎに訪問看護の人が来た。訪看さんは隔日なので、来ない日のための点滴のもとをつくってくれる。1時間半の滞在は、ほとんどこの作業で終わってしまう。リンデロンは、混ぜてから時間が経つとダメになるので、投与直前に混ぜる。いつもは訪看さんがしてくれるけど、来ない日は自分たちでやっている。冷蔵庫の中は、そういう薬でいっぱい。もうだいぶ慣れてきたけど、毎回、緊張する。もし自分が失敗して、お姉ちゃんに何かあったらと思うと怖くなる。

お姉ちゃんはもうずっと、麻薬を使った疼痛管理もしてもらっている。それでもすごく痛そうで、うずくまって耐えているところを何度も見た。今日も。

つらそうだから、訪看の先生に言って、レスキューの流量を1・5倍に増やしてもらった。

8月31日（火）

杏雲堂病院の受診。遠藤さんと結ちゃんも一緒に行けた。

次の抗がん剤も、なんとか続けられそうだって。しかも、ポンプを持ち帰って、在宅で投薬していいって許可が出た。抗がん剤で記憶を飛ばして以来、家じゃないと不安になるみたいだったから、ＯＫが出てよかった。

でも、先生に「これだけ生きられてたら奇跡」「延命できててすごい」「本来ならとっくに亡くなってる」とか言われて、すごく嫌だった。私は帰りに怒ったけど、そういうの全部、お姉ちゃんは覚えていなかった。また意識飛んじゃったみたい。病院終わったら結ちゃんも一緒にかき氷食べに行こうって、お店まで予約してたけど、なしになった。夕方、お姉ちゃんに今日の出来事をいちから全部説明した。

今夜から、お姉ちゃんはソファで寝ることになった。やっぱり、このソファの傾きが腎ろうの角度に合っていてちょうどいいって。床ずれが痛いみたいだから、インスタのフォロワーさんたちが教えてくれたお尻に敷くクッションを注文した。

朝起きて歯を磨いて、顔を洗って、化粧水をつけて、お姉ちゃんがいつも通りのことができると安心する。

3週間前にポートを抜いてから、一気にやせちゃった。昔は45kgぐらいだったのに、いま37kg。最近は歩くのも大変で、車椅子を使っている。

料理の司令塔は、変わらずお姉ちゃん。キッチンには立てないけど、親子丼にめんつゆと砂糖で遠藤さん好みの味付けをしてた。離乳食の豆腐ハンバーグを作るときには、手動のスライサーで野菜を切ったり、ボウルでお肉をこねてラップで小分けもしてくれた。やっぱり、自分でやりたいよね。

9月1日（水）

お姉ちゃん、マジで1日中ずーっと寝てた。3時間も起きてなかった。見ていて心配になるような眠り方。ほぼ、昏睡。ちょっとおしゃべりしてるだけで、うるさいって怒るくらい、音にすごく敏感になっている。だから黙って、なるべくじっとしてる。言ってわかってもらえる年齢じゃないから、ベビだけが自由自在にお姉ちゃんを起こして、甘える。ハイテンションで怪獣みたいなベビに起こされて、少し吐いて、また寝て、の繰り返し。怪獣がお昼寝してるときは、家の中が静かすぎる。まぶしいのもダメだから、カーテンも閉め切る。

薄暗い部屋で、スマホをいじるくらいしかやることがない。息をしずめてお姉ちゃんを見つめている。普段、何してたっけ。思い出せない。

30分に1回くらい、「はる」って呼ばれる。うわごとのときもあるけど、すごく小さな声なので聞き逃したくなくて、寝ないでそばにいた。

9月2日（木）

がん友のメグちゃんが来てくれた。同じ大腸がんのステージⅣ。

8月末に、かき氷を食べに行く約束だったけど、お姉ちゃんの入院で会えなくなった。そのときに、マスクにつかないＡＤＤＩＣＴＩＯＮのリップをプレゼントするつもりだったみたいで、お姉ちゃんはそのことを気にしていた。

だから、会えるのをすごく楽しみにしていたんだよね。私はベビと寝室にいたけど、ときどき笑い声が聞こえてきた。そうなった人同士しかできない話もあると思うから、よかった。

夜には、小学館の編集の人とＺｏｏｍで本の原稿の確認をしてた。

9月3日（金）

今日も、30分に1度くらい目を覚まして、うなっていた。私の名前を呼ぶんじゃなく、「痛い、苦しい」と繰り返していた。横に座って、朝まで見つめた。眠くなかった。この3週間ぐらい、全然眠気を感じない。

9月4日（土）

お姉ちゃん、またひたすら寝てた。寝てたのかな。意識が飛んでたんだと思う。「うぅ」ってうなったり、「痛い、痛い、痛い」って苦しんでた。肩で息をしていて、会話ができる感じじゃない。目もかすんでるみたい。

ずっと同じ姿勢で寝ているから、床ずれがひどくなってきた。尾てい骨のところが、特に痛いって。自分だけじゃ、寝返りもできなくなっちゃった。

最近は1日交代で、結ちゃんが髪、私が身体を洗っていた。

お姉ちゃんに頑張ってキッチンまで来てもらって、椅子にクッションを3個重ねて頭とシンクの高さを合わせて、シンクで洗ってた。結ちゃんのシャンプーが上手で好きなんだって。

身体のシャワーは私が担当。シャンプーハットで髪が濡れないようにして、バスルームの手すりにつかまって立っていてもらって、その間に洗う。点滴スタンドを脱衣所に置いて、管をのばして。お風呂で一度座ったら、立てなくなっちゃうから。

でも、それも無理になった。いまは、ベッドに寝てもらったまま身体をふいている。頭は、水のいらないシャンプー。

今日は、結ちゃんの20歳の誕生日だった。結ちゃんが遠藤家に来て、みんなでお祝いした。田中みな実がおすすめしてた、エレガンスのフェイスパウダー「ラ プードル オートニュアンス」。お姉ちゃんと私からのプレゼント。20歳の記念だから、奮発したよ。遠藤さんも、ベビと一緒にホールケーキを買ってきてくれた。

お姉ちゃんは、ほとんどわかってなかったかもしれない。でも結ちゃんが帰るとき「今日は誕生日だよ」って伝えたら、小さい声で「おめでと」って。そういえば最近、ウメがお姉ちゃんのベッドに近づかなくなった。

9月5日（日）

酸素マスクをつけることになった。また管が増えてしまって邪魔そうだけど、少しでも楽になってくれたらいいな。ずっと肩でハアハア息してたし、夜中は特に苦しそうだったから。

お姉ちゃんが苦しそうなのを見ると、焦る。もっとできることあるのかな、これ本当はやらないほうが良かったかな、とか考えてしまう。

9月6日（月）

全然熱が下がらない。白目が黄色くなって、焦点も合ってない気がする。

9月7日（火）

朝、鼻血が止まらなくなった。30分くらい全然止まらなくて、止血剤入りの綿球を使った。痛みでパニックみたいになっていたから、レスキューの流量をもっと増やしてもらった。

介護ベッドが届いた。点滴スタンドと同じ会社でレンタルしたら、私たちの事情をわかって親切にしてくれて、普通なら数万円はかかりそうだったのに、7700円でおさまった。「AYA世代は介護保険も適用されないし、サポートされる制度がないから、できるかぎり協力します」と言ってくれて、うれしかった。

痛いって言う頻度も、眉間のシワも減ったかな。

お昼、どうしても普通のシャンプーがしたいと言われた。だけど、お姉ちゃんは立ち上がれないし、動けない。どうすればいいだろうと思ったら、お母さんが知ってた。頭の下に吸湿材として大人用おむつを敷いて洗う方法。すごい。おむつを買ってきて、髪を洗ってあげられた。

夜になっても、呼吸が荒いまま全然治まらなかった。

いままで照れくさくて言ったことなかったけど、なぜかいま言わないといけない気がして、ちゃんと声に出して伝えた。お姉ちゃん、大好きだよ。聞こえてるかわからないけど、本人の前で初めて言えた。短く「ん」とだけ返してくれた。目を閉じたまま私の手を探してくれて、ぎゅっと握ってくれた。涙が止まらなくなった。お姉ちゃんも泣いていた。

9月8日（水）

たんがからんでいるのか、のどの音がおかしい。

朝10時ごろ訪看さんに連絡したら、たんの吸引器を持ってきてくれた。看護師さんから吸引器の使い方を教えてもらっているときに、お姉ちゃんが緑色のものを吐いた。

濃い緑色。吸引器で吸って、また吐いたものを吸って、を繰り返した。

やばいのかもしれないと思った。

お母さんが、みんなに連絡した。

仕事中のお父さん、結ちゃんの行ってる職業訓練校。夜勤明けのお父さんは、運送会社の制服のままだった。結ちゃんも着いた。

たんが取れたので、訪看さんは帰った。お姉ちゃんは、すぐ苦しみだした。また訪看さんに電話した。30分はかかるって。待てない。たんを吸わないと死んじゃう。見よう見真似で吸引をしようとした。でも、お姉ちゃんは口を開いてくれない。のどを鳴らして苦しそうなのに、口を開けてくれない。みんなの手で、こじ開けようとした。お願い、口、開けて。死んじゃうよ。どうして。お姉ちゃんは、一生懸命歯を食いしばって口を開けない。苦しいはずなのに。力づくで開けた。無理やり、たんを吸った。また吐いちゃった。濃い緑色。吐いたものが詰まったら、息ができなくなる。途中で、戻ってきた看護師さんに代わってもらった。

お姉ちゃんは枕元の右側にいる遠藤さんの手を握っていた。私を見てくれなかった。遠藤さんの目しか、お姉ちゃんは見てなかった。ベビは、お父さんの腕のなかにいた。遠藤さんは、泣きながら絶叫していた。

「のん、まだだよ、まだ早いよ！」

ものすごく大きな声で、叫んでいた。

「明日には丸山ワクチンが届くから！」

「まだだよ！」

「治そう！」

私も、結ちゃんも叫んだ。

「一緒にかき氷食べるって約束したじゃん！」

「戻ってきて！　戻ってきて！　お願い！」

みんな叫んだ。

お姉ちゃんは動かなかった。

到着した訪看の先生が、心臓マッサージを始めた。

動いているように見えるけど、お姉ちゃんは動いていなかった。

けっこう長い間やっていたと思う。

「肋骨が折れてしまっているかもしれません」

痛いのはかわいそうだから。

「午後2時11分、ご臨終です」

結ちゃんが、お姉ちゃんの髪を洗った。フォロワーさんがプレゼントしてくれた、THREEのシャンプー。リラックスできる香りを気に入っていた。

私は身体を洗った。剝離剤のキャビロンをたっぷり使ってストマをはがして、ガーゼで包んであげた。大嫌いだった腎ろうの管も外すね。

お姉ちゃんは、じっとしていた。怒ってもくれない。メイクするよ。

ベースは、ランコムの導入美容液、化粧水、乳液、美容液、化粧下地、ファンデーション、コンシーラー、フェイスパウダー。

アイシャドウは、メグちゃんがくれた、YouTuber古川優香ちゃんプロデュースのブランド・リカフロッシュと、今さんがくれたDior。ラメが派手でかわいい。それと、中国コスメ・ZEESEAのシルバーマスカラを下まつげだけ。上はコームでとかした。上半分もやると目が開いちゃうから。お姉ちゃん、まつげ長いね。

リップは、メグちゃんにもあげていた、ADDICTION。唇もじっとしているのに、なんだか元気なときより塗るのが難しかった。

マニキュアはアンプリチュード。指はカラシ色、足はモスグリーンにしてあげた。

おわりに

２０２１年8月29日が、和の最後の日記です。もうノートに手書きすることはできず、スマホで打っていました。亡くなる10日前まで、ずっと頑張ってくれていたのですが、指を動かすのもつらくなったのかもしれません。

それでも、翌日には2時間近く取材を受けていました。「２０２１年8月30日」は、この日の夜に話していたことが中心になっています。

僕自身は、少しずつゆっくり悪くなっているという感覚を持っていたので、思いもしない急な悪化でした。日記がつけられなくても、9月3日までは元気がありました。寝ている時間が増えてきていましたが、きちんと会話で意思表示できたし、「痛い、痛い」の間を縫って、笑ってくれるときもあったのです。

それが9月4日から突然、目がかすんでよく見えないと言って、苦しそうに肩で息をするようになって。僕を呼ぶ声も、途切れがちになりました。

2日後。6日には、訪問看護の先生からはっきり告げられました。いつ万が一のことが起きてもおかしくないから、できれば一緒にいてあげてほしい。すぐに上司に相談して介護休暇を取りました。ずっと絶食になっていた身体から、緑色の吐瀉物《としゃぶつ》を何度も吐き出してしまう和の姿は、見ていられませんでした。

7日は一日中ぐったりしている状態で、目を覚ましたときもほとんど声が出せなかった。それでも、ときどき力を振り絞るように、うー、と呼んでくれました。声を出すのもつらかったはずなのに、僕を安心させようとしてくれたのだと思います。

9月8日、みんな家にいました。僕と娘、櫛引家のご両親、遥ちゃん、結花ちゃん。だからって、看取りのつもりではなかった。まだだと信じていたし、信じたかった。

呼吸の音がおかしい、たんが詰まっているんじゃないかと遥ちゃんが言うので、訪看さんを呼びました。その通りで、看護師さんが吸引器で処置をしてくれました。

看護師さんが帰ると、しばらくしてまた同じことが起きました。遥ちゃんがあわてて連絡しましたが、30分はかかると言われたそうです。窒息してはいけないと、さっき説明を受けたばかりの吸引器を操作して、みんなでたんを吸い出そうとしたのですが、なかなか口を開いてくれなかった。和は歯を食いしばって、顎の筋肉、顔が固まってしまったみたいに、ぐうっと口を閉じてしまって。

むりやり歯をこじ開けて吸引器の管を差し込みました。そのうち、また濃い緑色のものを吐いて、ぐったりしてしまいました。和はベッドの右側、僕のいるほうを向いて、手を握ってくれました。


あ、あ。

言葉にはなっていませんでした。でも、その場にいた人なら誰でもわかったと思います。僕には、ありがとう、愛してると聞こえました。和は見えているのか見えていないのかわからない、うつろな瞳のままでした。握った手から、異変を感じました。たったいま、和がいなくなったと、はっきりわかる瞬間がありました。

そのとき、和は涙を流したんです。自分でも理解して、悲しんでいたのかな。

みんな涙も鼻水も流れたまま、しばらく、和のそばから離れることができませんでした。そのあとのことは、ほとんど覚えていません。


訪看の先生が来て正式に臨終となったのは、30分以上が経ってからでしょうか。できるだけ早く送ってあげてください、と言われました。

それから、看護師さんが身体から点滴の針を抜いたり、綿を詰めるなどの処置をしてくれました。遥ちゃんと結花ちゃんは、身体をきれいにして、メイクをしてくれました。しばらくすると、和の表情が変わりました。強張っていた頬の緊張が緩んで、なぜだか、かすかに笑みを浮かべているように見えました。普段、和がしないような妙に渋い表情だったので、「ニヒルだねえ」と、声を出して笑いました。みんなを笑わせてくれました。

以前、和が冗談っぽく「お葬式は生まれ育った青森で、盛大にやりたい」と口にしたことを覚えていたので、青森県田子町《たっこまち》の葬儀社で働いている先輩に、無理を承知で連絡してみたところ、特別に霊柩車を出してくれることになりました。

深夜2時ごろ、青森から徹夜で走ってきてくれた霊柩車が、東京に着きました。櫛引家のみんなは始発の新幹線、僕は霊柩車の助手席に座って、和と一緒に青森へ出発しました。

青森市内にある和の祖母の家に着いたのは、9日の昼ごろです。それから和室の奥に祭壇をつくり、安置しました。火葬は12日になりました。津軽地方では通夜前に荼毘に付すのですが、その前に地元の友達があちこち連絡をとってくれたようで、3日間で大勢の人がお別れにきてくれました。

和はこれだけ多くの人たちにお世話になり、愛されたんだなと改めて実感させられる時間でした。

インスタのフォロワーさんからも、弔文や贈り物などをたくさんいただきました。和は、届いたすべてのお手紙をもっていきたいと言っていたので、大好きなひまわりと一緒に棺に納めました。

13日に通夜、14日に葬儀を行い、和は旅立ちました。

＊

僕は、和のがんは治る、治せると本気で信じていました。和にもそう言いました。ネットで調べたり、本を読んだり、病院に電話をかけまくったり、治験を探したり、医学論文を読んだりもして、どうしたら治せるかを全力で考えました。メリディアンだけでなく、国立国際医療研究センター病院に、腹膜切除の相談もしていました。
ひどい副作用や痛みの出る検査、度重なる手術に疲れてしまった和が、もう治療したくないと言うこともありました。それをなだめて励まして、病院に連れて行きました。治すために調べて、治すための治療を和に受けてもらう。諦めずにやりきれば治ると疑わない者がひとりでもいる。そう感じてもらい、元気づけることが自分の役割だと信じていました。
だから、弱気になってはいけなかった。ほかの誰もが心配そうな表情をしているときでも、僕だけは自信満々で「絶対に治る」と和を励ます。ずっと、そうやってきました。それなのに、9月4日。僕は、容体が急に悪化した和の前で泣いてしまいました。治せないかもしれないと思って泣いたのは初めてでした。そのとき、和がかけてくれた言葉が忘れられません。

大丈夫だよ、治るよ。

生死をさまよっているのは、和なのに。励まさなきゃならないのは、僕なのに。逆に励まされてしまった。絶対に諦めないで治療して治す。そう言い続けてきた僕が泣いてしまったことによって、和の心が折れちゃったのかもしれないと思っています。彼女のためにやれることを、本当にやり切ったか。寝る時間なんかもっともっと削って調べたり、あちこち電話したり、ひとつでも多くの病院に足を運んでいれば、もしかしたら治してくれる何かに巡り会えていたかもしれない。結果的に、僕が調べてきた治療で和を助けられなかったことは、悔やんでも悔やみ切れません。この胸のざらざらしたものは、一生消せないと思います。

和は、かわいらしい女性でした。僕のことが好きだと、何度も伝えてくれました。つれないそぶりをしても、好きだと言ってくれました。全面的に僕を信頼してくれました。気づけば、僕のほうが和なしではいられなくなっていました。

和のおかげで変わったのは、食わず嫌いの野菜が減ったことだけではありません。彼女に出会う前のように、明日でもいいことは今日やらない、ではなく、やれることは今日やる、今日を生きることを一番に考えるようになりました。

この日記に書かれているのは、和の思いの丈です。ですから、大曲の花火大会の話やストマ手術の日に連絡がつかなくなった話など、僕の記憶とは少し異なる記述もあります。いまとなっては、それでもいいです。実際、大曲からの帰り道に運転を代わってもらったときにはめちゃくちゃ怒られて、もう別れる！　と言われました。

このときもそうでしたが、何度か、もういい別れる、とキレられたことがあります。でも、しばらくするとなぜか戻ってきてくれる。そのたびに、この子以上に、僕のことを好いてくれる女性は二度と現れないんだろうなと、そう感じられて仕方ありませんでした。

がんの治療を休止して、自分が生きられなくなったとしても子供がほしいと強く願ったのは、和です。最初は和です、と言うべきですね。僕も賛同しました。身勝手だとか、産んでおしまいにするなとか、いろいろな批判があったのは知っています。そんなことは百も承知で、僕たち2人は、考え抜いて子供をもつ選択をしました。

和を喪ったいま、そばにいてくれる娘が、どれだけ僕の救いになっているか。言葉では言い表すことができません。卵子凍結に反対したこともありましたが、それでも諦めずに説得してくれた和には、感謝の気持ちでいっぱいです。いまごろ、ほらね、娘ちゃん産んでよかったでしょ、って笑っていると思います。

今後どうするかは、まだ考えられる状態になく、少しの間は、遥ちゃんたちの手を借りられたらというのが正直なところです。

お母さんのいない子になる覚悟の上で産みなさい、という医師からの話もあり、僕はずっと、心構えはしてきたつもりです。ひと昔前と比べれば、男手ひとつでの子育てもしやすい環境になっていますし、できないことはないと思っています。

いま、朝は6時に起きておむつを替え、離乳食をあげてから出勤し、午後7時ごろに帰っています。まだ、作れる料理はチャーハン一択なのですが、娘に毎日それを食べさせるわけにはいかないので、これから頑張ります。和もやりたかっただろう子育てを、一生懸命やりたい。

1歳の娘は、そろそろおしゃべりをするようになりそうです。物心がついたそのときには、ママのことをたくさん話してあげようと、いまから楽しみにしています。ママは、病気と闘いながら子供を産み育てる決意をした、すごく強くて、愛にあふれた女性だったんだよと、胸を張って伝えたいです。

「遠藤さん、まあまあ頑張ったじゃん」と、いつもの笑顔で褒めてもらえるように、娘と生きていくことを和に約束します。

謝辞

およそ2年前のことになります。当時の遠藤さんご夫妻の暮らしぶりをテレビやインスタで知った私は、不躾にも、ご自宅で取材を申し込みました。自分と同じ歳の女性が、あれほど過酷な状況の中で、なぜ前向きに生きて、まっすぐに人を愛せるのかをどうしても知りたかったからです。

この本の準備をするなかで、和さんの明るさと強さに触れるたび、きっと彼女なら困難を乗り越えられると感じてきました。

また、遠藤さんご夫妻とご家族の皆さまの日々の記録は、逆境に直面する多くの人々の味方になってくれると確信しました。

日々更新されていく日記には、何度も心を締めつけられました。和さんが娘さんに向ける表情は、母親の温かいまなざしそのものでした。娘を産む決断をしたあなたは、とても素敵で、すごい女性だと思います。心から尊敬しています。

体調のすぐれない日も、真摯にこの本に向き合ってくれた和さん、本当にありがとうございました。そして、ご家族の皆さまの悲しみが少しでも癒やされる日が来ることを願ってやみません。

2021年12月　女性セブン編集部

遠藤 和（えんどう・のどか）
1997年青森県生まれ。21歳のとき、ステージⅣの大腸がんを宣告される。22歳で６歳上の将一さんと結婚、23歳で娘を出産。
2021年９月８日、24歳で亡くなる。

カバー写真撮影　黒石あみ、遠藤 和
医療監修　長谷川 傑（福岡大学医学部消化器外科教授）
校正　有限会社くすのき舎
DTP　ためのり企画
取材・構成　土屋秀太郎
編集担当　藤木真帆

ママがもうこの世界にいなくても
私の命の日記

発行日　2021年12月６日　初版第１刷発行
2021年12月22日　第２刷発行

著者　遠藤 和

発行者　川島雅史
発行所　株式会社小学館
〒101-8001　東京都千代田区一ツ橋２－３－１
電話 03-3230-5585（編集）
03-5281-3555（営業）

印刷　凸版印刷株式会社

製本　株式会社若林製本工場

ISBN978-4-09-388832-5